RÉQUIEM DE CARNAVAL

RÉQUIEM DE CARNAVAL

JV ARAÚJO

FARIAESILVA

Rio de Janeiro, 2024

Réquiem de Carnaval
Copyright© 2024 Faria e Silva.
Faria e Silva é uma empresa do Grupo Editorial Alta Books (STARLIN ALTA EDITORA E CONSULTORIA LTDA).
Copyright© **2024** by J. V. Araújo.
ISBN: 978-65-6025-063-5
Impresso no Brasil — 1ª Edição, 2024 — Edição revisada conforme o Acordo Ortográfico da Língua Portuguesa de 2009.

Dados Internacionais de Catalogação na Publicação (CIP)
(Câmara Brasileira do Livro, SP, Brasil)

Araújo, Jorge Victor
Réquiem de carnaval / Jorge Victor Araújo. --
Rio de Janeiro : Faria e Silva Editora, 2024.

ISBN 978-65-6025-063-5

1. Contos brasileiros I. Título.

24-195390 CDD-B869.3

Índices para catálogo sistemático:

1. Contos : Literatura brasileira B869.3

Tábata Alves da Silva - Bibliotecária - CRB-8/9253

Faria e Silva é uma Editora do Grupo Editorial Alta Books

Produção Editorial: Grupo Editorial Alta Books
Diretor Editorial: Anderson Vieira
Editor da Obra: Rodrigo Faria e Silva
Vendas Governamentais: Cristiane Mutüs
Gerência Comercial: Claudio Lima
Gerência Marketing: Andréa Guatiello

Produtora Editorial: Milena Soares
Revisão: Alessandro Thomé e Denise Himpel
Projeto Gráfico e Diagramação: Aurélio Corrêa
Capa: Beatriz Frohe
Imagem de capa: SIAN - Sistema de Informações do Arquivo Nacional

ALTA BOOKS
GRUPO EDITORIAL

Rua Viúva Cláudio, 291 — Bairro Industrial do Jacaré
CEP: 20.970-031 — Rio de Janeiro (RJ)
Tels.: (21) 3278-8069 / 3278-8419
www.altabooks.com.br — altabooks@altabooks.com.br
Ouvidoria: ouvidoria@altabooks.com.br

Editora
afiliada à:

Nisto eu olho para minha própria situação, e não só a dele, pois vejo que todos nós que vivemos não somos mais do que aparições e sombras passageiras.

Odisseu

Canto do extremo do mundo/
Espero em silêncio profundo.

Violeta de outono

SUMÁRIO

AFOGADINHA

Através dos anéis alvos, o verme fisga o meu desejo de enroscá-lo na língua. Na sincronia do meu olho esquerdo, o corpo liso se afasta e desaparece num buraco da goiabeira. Tudo bem. Sei onde encontrar um cacho fervilhante, cada um mais inchado que o outro. Verdadeiros dedos de criança gorda. À noite brilham, os rechonchudos. Ao sol, rebentam, por isso se escondem de dia. Quando a fome vier, vou me refestelar.

Por enquanto, a minha atenção recai sobre aquele careca ali embaixo. Dois metros só de pernas. Justo quando planejo me servir de água fria, seu bater de palmas no portão atrai para a varanda essa mulher nos seus 30 anos, abusando do avental manchado de óleo.

Eu poderia não me fazer de rogado e deslizar para a borda da piscina de plástico. A mulher não oferece empecilho. A sua companhia no Pogobol colorido, sim. Tentaria me pegar ou, como a maioria da sua idade, jogaria pedras em mim. Odeio as de 8 anos.

O homem engole a criança, como há pouco eu olhava o verme. A mãe é tonta. O portão da varanda se arreganha. Rua vazia. Devem ser novas aqui. Só pode.

— Não sou vendedor, não, senhora.

— Como posso ajudar o senhor, então? É Bíblia?

— Bíblia? Não, senhora. Não mesmo. É que uns quarenta anos atrás, morei nesta rua. Década de cinquenta, quando o meu pai se mudou aqui pro Rio. Eu era meninote. Tempo de suspensórios. Passo de visita. Um copo d'água, só o que peço, pelo amor de Cristo, nosso Senhor.

Cristo é senha. A mulher entra. A criança fica. O homem sorri.

Ele se abaixa. Fica da altura da menina. Faz sinal com o dedo de graveto. Ela, toda coragem, pula em sua direção. Afinal, o homem morou aqui na rua e falou em Cristo, deve pensar.

Não perde tempo esse careca.

— Sabe, quando um adulto escuta a minha história, ri e não acredita. Se você falar para a sua mãe, ela vai te internar num hospício. Lugar de gente doida. É o seguinte: tem um espírito de criança preso nessa casa.

A menina é puro horror. Paralisia total da face e das dobras do corpo. O careca não se apieda.

— É a minha irmã. Em 52, afoguei ela na caixa-d'água, a nossa piscina improvisada. Sim, eu morei na sua casa, minha querida. Você nunca viu nada à noite? Se não viu, ainda verá. No corredor. Espere só. É batata.

A menina mexe a boca, mas não emite som algum. Urina escorre pela perna gordinha. O careca fica em pé novamente e se regozija torcendo o tronco para trás. Ossos estalam. A postura melhora bastante. As pupilas brilham diferente.

A mulher volta com uma garrafa de vidro suada e um copo de geleia. Com o corpinho rígido feito osso velho, a menina apela com os olhos. Uma mãe de fato abobada. Bem, pelo menos não deixou a filha trazer o vidro.

O homem bebe, agradece e, piscando para a criança, solta:

— Dia bom para dar um tibum.

A mulher sorri e se despede. A menina some na saia da mãe. O careca se alonga calçada abaixo.

Não é a primeira vez que o flagro agindo pelas ruas desse bairro. Tal qual câmera sensacionalista, vive esfomeado por olhares de medo. Sem poupar criatividade, matou irmãos, irmãs e primos. E sabe dissimular tanto quanto político do baixo clero. Talvez nunca o peguem. Torço para não.

Esqueço a sede. Minhas asas pretas se estendem com preguiça. Observo telhas, calhas, terrenos baldios, campinhos e fios. Quando o sol baixar, aqueles vermes deixarão de cintilar à luz da lua, e os olhos castanho-claros de uma menina desenharão pegadas molhadas num corredor.

UTOPIA URBANA

Por ordem do primeiro choro: Janete, Janaina, Janice. Três irmãs num quarto, cozinha e banheiro. Inquilinas fielmente pontuais. Na boca dos vizinhos, três solteironas, sem pais, outros irmãos, primos, enfim, sem demais parentes para tornar a víspora das tardes de domingo menos aborrecida.

Janice, bastante namoradeira, chegou a noivar. Labutou a vida toda na produção de garrafas térmicas de uma grande fábrica. Por sorte, ou azar, não demorou a descobrir que o noivo era bem mais namoradeiro. Janaina flertou pouco, dedicou-se aos estudos. Conseguiu se formar professora e se aposentou cedo, com duas matrículas. Participou ativamente do sindicato. Casou-se com um pão-duro crônico, de quem enviuvou ainda em lua de mel. Acidente estranho, como toda morte em escorregão no seco. Janete não ligava para namoros nem para trabalho. Preferia largar-se em casa assistindo ao *Clube do Bolinha* e ouvindo a rádio Tupi. Em constante convalescência, piorara bastante nos últimos meses. Sofria da mais impronunciável das doenças.

Carne e unha e cutícula, as três selaram um daqueles silenciosos pactos familiares de envelhecer em meio à dúzia de louças herdadas do casamento dos pais. Contariam as rugas dividindo aquela meia-água de uma vila. No portão, entre um e outro disse me disse, juravam que apenas deixariam o bairro da Abolição para residir em Inhaúma, no jazigo da família.

Na manhã de um dia de feira, o carteiro trouxe algo além dos boletos. Janaina abriu o telegrama, uma de suas funções na casa. Virou-se para as irmãs:

— Vocês conhecem alguma Almerinda?

Lábios para baixo em meia-lua, olhos como bolas de sinuca, cabeças em sincronia.

Em meio a negativas ansiosas, Janice mudou o semblante:

— Sei quem é, sim — gritou.

O duo: — Desembucha, mulher.

Janice: — É amigada do Clodoaldo.

O duo: — Quem?

Janice: — Nosso tio-avô.

O duo: — Aquele de Copacabana?

Janice: — Isso, o que usava peruca.

O duo: — E não era viado, não?

Janice: — Papai chamava ele de gilete. Coisa de intelectual.

O duo: — Ah!

Janaina: — É para irmos amanhã para Copacabana.

Quase não dormiram. Em verdade, uma sonhou mirando o forro descascado do teto.

Sol na janela, à mesa, café, pão, margarina e pernas agitadas. Caladas, estranhamente.

Na avenida Suburbana, o sacolejo de um dedo parou o fusca amarelo e azul. Vieram as curvas em meio aos ônibus lançando fumaça preta, veio a boca do túnel, veio o cu do túnel (ou a boca). Já sem o sabor do café para ser raspado no palato, o táxi as deixou na rua Duvivier. Veio a conferência da tabela de preços da corrida, e uma irmã, de forma inusual, fez questão de pagar tudo, deixando as outras contentes e estupefatas. Era dia de bandeira dois.

Logo de primeira, o portão seduziu a irmã generosa. Após a chiadeira do interfone, o mecanismo deu um tiro. "Abriu?" Preto e dourado, grande e de ferro, empurrar o colosso pareceu tarefa enfrentada por guerreiras, tal a imponência do que, junto ao mármore, compunha o *art déco*.

Depois, a sedução surgiu no traje vincado do porteiro. Usava até quepe. Voz acarpetada.

— Bom dia. Estão à espera das senhoras.

A informação de inexistir 901, 902 etc. foi o final de um solo de bateria iniciado lá na calçada.

— É no nono andar.

A irmã seduzida ouviu:

— Um por andar! Apenas um. Unzinho. Único. Exclusivo.

Deram em um *hall*, recebidas por uma empregada em uniforme impecável, senhorinha de simpatia acanhada. Depois do umbral, uma sala passível de uma partida de futebol de salão. Pelada. Sem móveis, sem nada.

— O doutor já vem ter com as senhoras, dá licença — disse a senhorinha sendo engolida de costas por um corredor escuro.

Inventariou-se na mente. Piso banguela e tacos maltratados, paredes sujas e com vestígios de muitos quadros, cheiro de mofo e gordura, janelas de madeira com a pintura descascando, bocais sem função, alguns fios aparentes. Lá fora, a coisa mais rica para as vistas dependia de um girar de cabeça à direita. A avenida, o calçadão, a areia, os azuis.

O advogado flagrou as três mirando, em suspiros, a precisão do horizonte.

— Vista para o mar, mas é preciso arriscar um torcicolo — disse o homem de terno.

Risadinhas ecoaram. Depois de uma breve apresentação, o doutor as colocou a par do negócio. Dona Almerinda suportava lá dentro. Morreria em breve. Talvez estivesse mesmo em seu último suspiro naquele exato segundo. No testamento do marido havia menção às sobrinhas-netas. Quatro olhos de peixe-telescópio quase rolaram aos pés do advogado. Dois olhos apenas se arregalaram um pouco além. As três se parabenizaram com abraços e afagos, como se tratasse de uma conquista feita à base de corredeiras de suores.

— Tem também uma linha telefônica. Ah, ia esquecendo, o apartamento vem com ótimo brinde. — O homem nem se deu ao luxo de baixar o tom de voz. — A empregada é de boa serventia. Mora aqui há séculos.

Em sincronia com o advogado, a senhorinha veio à sala com uma bandeja de plástico e cafés requentados em copos de geleia. Nada de açúcar. Serviu e se retirou. A seduzida se deixou mesmerizar pelas mesuras.

— E os móveis? — perguntou Janice.

— Viver em Copacabana com pouca renda, sabem como é — disse, girando o corpo. E completou: — Por isso o bairro tem tantos sebos, brechós e lojas de móveis usados. Mas Copa é Copa. Lugar charmoso pacas. E o bom é que aqui ninguém se mete na vida de ninguém.

O trio:

— Ah, é.

O homem limpou a garganta.

— Bem, há uma cláusula. Vocês são herdeiras colaterais na linha sucessória, mas o testador deixou expressa a vontade de que o patrimônio fique para uma de vocês três. Apenas uma.

O trio:

— Hã?

— O senhor Clodoaldo condicionou o legado ao usufruto da última sobrinha-neta viva. Apenas para ela. Antes de conhecermos o resto do apartamento, alguma pergunta?

No quarto, a velha Almerinda desenhava um último sorriso de lagartixa.

Após cálculos dignos da IBM, envolvendo contracheques, a venda dos móveis da meia-água, a metástase de Janete e o acidente inelutável de Janice numa linha ferroviária escaldante, Janaina grudou na orelha do advogado.

— Me diga, assim, mais ou menos, o senhor acha que a empregada ainda viverá por quanto tempo?

MATADOURO DE ALMAS

se dice que el agua tiene memoria...
yo creo que también tiene voz.

El botón de nácar, Patricio Guzmán

Os fudidos somos unidos pelo tremor da água fria na cara antes das cinco da manhã. Todos os dias, uma ranhura diferente.

o cheiro do alho que começa a morenar

Com o tempo, bem na nossa lata, fica estampada uma máscara da miséria.

Outra coisa em comum: os corpos não esticados pela rua afora. O fudido, quando adulto, caminha amiudado. Até tenta, mas mesmo ao ar livre tem aquele andar amarrado.

crianças de uniforme se espremem contra as paredes, se transformam em paredes. se pudessem, atravessavam os tijolos

Repare, o fudido não consegue se afrouxar. Vive encalacrado. É no ônibus, é no trem, é no metrô, é no barraco, é na quitinete, é na viela, é nas filas, é na conta bancária, é na bicama, é na cama para seis, oito, até dez olhos remelentos.

a coberta verde de chenile

O corpo não desenforma. Na vida do fudido, os únicos lugares com espaço de sobra são a despensa e a barriga.

bica aberta com o balde vermelho

A minha avisa que a última coisa que pingou nela foi meio pão na chapa. Isso acontece ao meio-dia em ponto. As tripas reviram. Vez ou outra, divido o café da manhã, senão o meu moleque vai para a escola sem nada. Tá crescendo. Um dia, talvez, vingue por aí todo expandido.

a TV ligada no Pica-pau

foi troca

o magrelo ali no sangue

Explico ao cirurgião:

— Vejo, ouço, cheiro, toco tudo, de novo, de novo, nada novo, nada novo, e mais uma vez. Outra. Não consigo trabalhar direito, nem comer, nem amar, nem beber, nem andar. Nem nada. Só vejo escadaria ali na minha frente.

tum tum tum tum tum

— O ar não me entra pelas ventas.

Outra vez.

o sangue é mesmo dele? o sangue é dele mesmo?

— Quero tocar a vida. Começar de novo. Mereço — falo para a simpática ajudante que ajusta a máquina parecida com a cadeira do capitão de uma nave.

a bica aberta com o balde vermelho

Duvido do diploma na parede à minha frente. Fazer o quê? Já tomei quantos rios de água gelada na cara só para entrar aqui? Muita tremedeira na carne, irmão. Muita erosão.

os coturnos na minha frente

Cada dúzia de moeda pingada na minha pochete surrada abriu um milímetro daquela porta ali. Vários corres de seguranças. Cada engolida a seco dada lá na carteira assinada empurrou mais um pouco. Operar... um sonho. Três trampos para sonhar. Muito corre para esquecer.

observo os gestos das mãos e das cabeças que substituem ordens de posicionamento

Rosana, lá da videolocadora, até já me fez vestir uma microfantasia de Peter Pan. Lançamento do filme do eterno menino. Fazer o quê? CLT. Vesti. Chorei. Não minto, chorei no banheiro. Olhava no espelho um gigante negro de chapeuzinho verde e penacho vermelho. Lágrimas seguiam as curvas das minhas rugas. Mas, daí, lembrava do meu moleque. E no espelho via um barraco com uma criança ligada no Pica-pau. Pensava na minha operação. Enxugava o rosto.

tem gente rindo?

No meio dos DVDs e daquele cheiro enjoativo de pipoca, Rosana quis fotos.

— Pra recordar. Ficou fofo de verde — disse. Neguei arreganhar a minha boca necessitada de obturação para aquele obturador. Pelo menos isso. Se fosse para recordar, fosse direito, porra, com a minha cara de puto.

CPF cancelado

foi troca, foi troca

O senhor de branco, dr. Memo, como o chamam nos becos, enfim me notou.

— Assim que o senhor focar a lembrança angustiante, essa belezinha aqui vai localizar os setores exatos de movimentação no seu sistema límbico, como um sonar. Então, a agulha ultrafina espalhará a dose exata de nossa fórmula em sua nuca. O aparelho no topo de sua cabeça guiará a nanocápsula ao local exato. E aí, a substância matará apenas a assombração do seu sótão. Não se preocupe. Procedimento muito simples. É como uma cauterização molecular. Um míssil químico teleguiado. O senhor entendeu direitinho? Precisa entender para autorizar corretamente. Assine aqui, por gentileza. O senhor tem alguma dúvida?

— Meus pensamentos vão parar ali naquela tela?

— Sim. Um pouco fora de foco. Desta forma, cruzamos os diversos dados. É preciso atentar — ele usou os longos dedos —, o seu "fantasma" pode surgir em diversos pontos do sistema. Essa má lembrança será exterminada. Sumirá tudo. Nosso lema aqui é: sem lembrança, sem dor.

— O senhor e a sua assistente vão ver...

tum tum tum tum tum

— Não se preocupe, meu caro. Pela descrição inicial, sua perturbação é uma marolinha perto dos *tsunamis* vistos por aqui. Garanto, nada mais nos abala.

a porta do barraco vindo ao chão

Me ajeito na cadeira de operações. A auxiliar inicia os procedimentos. Vários fios me são espetados. Já passei por eletroencefalogramas. Muitos. Isso aqui é diferente.

Os cabos transparentes são de diversos tipos. Um conjunto de cabos, igual a um polvo, é sacado de dentro de uma maleta prateada. O polvo vai para a minha nuca. É gelado. Depois vem uma centopeia de microfios para o meu braço esquerdo. Ela queima um pouco. Mas meu braço anestesia logo. Dormência boa. Já o polvo me dá cócegas. Por último, uma água-viva de circuitos tampa o meu cocuruto. Seu muco massageia. O toque é gelado como o do polvo. Acionados, os três dançam suave. Relaxo.

bota esse três oitão ali na mão

De repente, deságua parte daquela manhã de bosta e todo o resto. Na tela de plasma, jorram imagens e sons pegajosos, fantasmas.

a escadaria, a bica aberta com o balde vermelho, os olhos arregalados da senhora gorda, o cheiro do alho que começa a morenar, os coturnos na minha frente, os coturnos lá atrás. bem pra baixo, um samba-enredo tocando num barraco azul-marinho. fogo nas pontas das armas. crianças de uniforme se espremem contra as paredes, se transformam em paredes. se pudessem, atravessavam os tijolos. observo os gestos das mãos e das cabeças que substituem ordens de posicionamento. atenção! a porta do barraco vindo ao chão, a coberta verde de chenile, a TV ligada no Pica-pau, tum tum tum tum tum, o sangue, o sangue, o sangue. o magrelo ali no sangue. "o sangue é mesmo dele?" corre, corre. "bota esse três oitão ali na mão."

ouço as vozes. ouço os choros. gritos. tem gente rindo? "foi troca, foi troca." "CPF cancelado." "mas ainda nem tinha CPF...", e eu ponho a arma na mão do magrelo. espremo o dedo dele no gatilho. disparo contra uma parede. a mão é só osso. idade do meu moleque. mesmo corte de cabelo. o Pica-pau começa a rir. desligo a TV.

três anos de corporação. enxurrada de coisas entre a formatura, e eu ali desesperado no banheiro do quartel. estanque. não dá.

meses depois, estou na frente do capitão. peço pra sair. mantenho os olhos nos meus coturnos. não falo o motivo. ele insiste. minto. "na rua vai viver de quê?" "darei um jeito. sempre dei..."

Sinto uma fisgada no pé da nuca.

A assistente retira a aparelhagem. Seu sorriso também se vai.

Na saída, o doutor explica:

— A memória estava espalhada. Cada cômodo será limpo de forma gradual. Nossa fórmula é como água mole em pedra dura.

O clichê me faz duvidar ainda mais do diploma na parede. Contudo, é tarde para contrariedades.

Não retorno ao trabalho. Nada de humilhação por hoje. Hoje não.

Chego em casa. Meu guri grudado na TV. Desenho animado. Por que não? Com vagar, vou me sentar ao lado dele. Nos esprememos na única poltrona do quarto e sala. Juninho sorri.

Com a boca seca, fecho os meus olhos.

o Pica-pau começa a rir

RÉQUIEM DE CARNAVAL

A felicidade do pobre parece
A grande ilusão do carnaval

"A felicidade",
Vinicius de Moraes e Antonio Carlos Jobim

Na diversão, mataram ontem o meu bebê. Eu assistia a uns calouros no *Clube do Bolinha* quando a gritaria no portão abriu alas para o "mataram Ricardo lá na praça". Meu berreiro não deixou os detalhes entrarem pelos ouvidos. Só no efeito de baldes de água açucarada e comprimidos sem bulas, os berros viraram gemidos, e a ficha foi caindo com as palavras do povo na minha porta. Tiro, muito tiro, foi na covardia, tia, um policial fantasiado de bate-bola também.

Então, mais um filho me vai pelas mãos de um fardado? Um fantasiado? Não acredito. Não posso. Não quero. Fardado fantasiado? Não existe policial militar de bate-bola, gente. Ou existe? Existe?

Existia meu filho na manhã de ontem com o gameboy zerinho acabado de ganhar por ser o meu bom menino nos últimos dezesseis anos. Existe o meu filho com cinco tiros aqui no caixão. Quatro na cara. Disso eu sei. Quando o meu povo entrar aqui na capela, vai saber também. Vão se assustar com o que vão ver. Disso eu sei. Mas é preciso. Quero caixão aberto. Chega de caixão fechado. Dei o meu jeito. Sempre dou o meu jeito.

Por que o meu Ricardo?

Menino fazendo tornearia no Senai.

Existe policial de bate-bola?

Existiria meu Ricardo formado daqui a alguns anos, isso sim. "Filho engenheiro de mãe costureira", no rebolado ele dizia quando me via na Singer. Chegava cheirando a óleo de máquina, tomava banho, engolia correndo a boia ainda quente no prato tapando prato e saía batido para o trabalho no carreto em frente às Casas da Banha. Eu ouvia as bilhas do carrinho se esgoelando no asfalto e agarrava fé de que o destino dele seria diferente daquele do irmão. Não foi. Olha eu aqui. Olha ele ali.

Não me entra o cheiro das flores. Não me entra o cheiro das velas. Daqui a pouco ouvirei (ouvirei?), novamente, aquele roçar da madeira na laje de concreto, o de pesadas placas se ajeitando. Em seguida, o barulho da pazinha de pedreiro selando o meu menino. Mais um filho meu selado na secura do concreto.

Vou perguntar nada para Deus. Nunca me respondeu.

Quando a madrinha dele vir isso no rosto, vai ter um troço. Dei meu jeito, vou dizer. Sempre dei. Mas o caixão não fecho. Esse não. O do irmão deixei fechar. Ninguém merece ver corpo sem cabeça; mas o do meu bebê? Não! Quero todo o enredo.

Na capela ao lado, choram um velho. Isso sim é o correto. Ter um filho para depois enterrar é disritmia da braba. Tive duas. Quando a dinda olhar, também vai ter duas. Dei meu jeito.

Meus vizinhos de capela começam a orar. A minha, ainda vazia, ecoa esses corações aos céus misturados ao batuque do bar da esquina. Luto? Só para quem se arrebata dos seus.

A vizinha da capela 4, a viúva, entra, olha para o meu Ricardinho e agita três sinais da cruz tão rápidos que a mão desaparece entre testa, peito, ombros, boca. Mal sai daqui, e a notícia vai de orelha a orelha. Curiosos das outras capelas se amontoam.

Um senhor me encara e manda:

— Pra que isso aí?

Não aguento. Minto. Gosto da invencionice. Muda uma coisa aqui dentro do peito quando falo no ritmo da tranquilidade de farmácia, espremendo garganta:

— Me disseram para enterrar com máscara nova de bate-bola. Assim ele volta para mim na Quarta-Feira de Cinzas.

Com toalhinha azul e branca no ombro, uma curiosa encontra o chão.

Lá fora, o batuque aumenta. Vai sair o bloco.

Passo a mão na áspera máscara de tela. Finalmente me chacoalho toda. Ouço a minha voz.

— Eu sei, eu sei, o nosso cortejo ainda demora, meu bebê.

O QUE NÃO SE APAGA

Antes de sentir os efeitos do primeiro gole de café, sua bebida preferida, ouviu do chefe:

— Amanhã a senhora vai para a seção de apagamento de degenerados. Parabéns.

A reação de P. se resumiu a um rápido arquear das sobrancelhas grossas. Em seguida, com os olhos, sorriu para as outras moças sentadas na longa mesa nevada por migalhas de pão. Pediu licença e correu para o banheiro. Não se demorou. Saiu com a cara molhada. Com os olhos um tanto moles, P. seguiu para a baia de trabalho situada no meio de uma constelação de cubículos habitados por gente com enrijecimento crônico dos zigomáticos. Preparou com esmero a companheira Olivetti.

A sua última missão como redatora consistia na criação de cinco versões diferentes para a visita de um tal general C. F. L. à inauguração de um hospital no interior do estado. Na primeira, ele faltou ao compromisso por motivo de um mal súbito. Narrativa sem muitos detalhes. Na segunda, o militar chegou nos braços do povo, cortou a fita e ruminou um discurso relembrando o tempo como médico em um posto de saúde de uma cidadezinha no interior. Lembrou-se até da comida apimentada.

Na terceira, foi recebido com pedras, paus e ovos por um povo desordeiro, verdadeiros vândalos contrários à instalação do hospital e defensores de um campo de futebol. Na quarta, policiais federais o esperavam. Saiu preso, algemado, sob acusação de desvio de verbas. Essa versão traçava uma rede de esquema de corrupção e apresentava um diagrama apontando para o general no centro de toda a conexão. Essa deu trabalho. A última emulava a segunda em quase tudo. Um detalhe as distinguia: nessa, a cor da fita cortada pelo general avermelhou. Conforme regimento do Gabinete 84, cochichado como o "do ódio", P. se baseara nas ordens de cinco superiores.

De suas digitais, partiam narrativas para jornais, revistas, TVs, rádios, panfletos e *outdoors*. Depois, a distribuição das versões era milimetricamente calculada pela turma da secretaria de estatísticas. P. não atinava o funcionamento dessas coisas de gráficos e de tabelas. Apenas cumpria a sua parte naquele maquinário, satisfeita com a mecânica, de modo que o seu contracheque não lhe pesava à consciência, mesmo quando comentava em casa sobre o cotidiano em um escritório de contabilidade de uma empresa de tintas. Tarefas atucanantes, limitava-se à mesa.

Na terça-feira, P. acordou mais cedo para encarar o dia trancada em um quarto escuro. Não o seu, testemunha de tantos sonos intranquilos, mas o outro quarto, o da seção de apagamento de degenerados. Ali, de fato, o termo "escuridão total" emitia algum sentido. Já conhecia os procedimentos básicos. Tinha conhecimento dos efeitos físico-químicos. Cumprira curso de algumas semanas. Aprendera como tudo se resumia a uma questão de luz, questão de saber controlar a intensidade em cima de quem deveria ser apagado, cortar e sobrepor imagens, mergulhar as cópias em uma bacia como num batismo e trazer à vida outras realidades. Uma arte, pensava. Arte, logo para ela, inimiga de museus e outros parangolés da "turma da mamata", como dizia.

Dois meses no novo cargo e já podia se considerar quase uma mestra em apagamentos. Pegou casos importantes. Apagou um ministro da Economia, uma secretária de Educação, um professor universitário, um medalhista olímpico, cinco escritores, um ator famoso (ousou reclamar publicamente de uma maldosa piada contada por amigos). Apagou uma família inteirinha de camponeses maltrapilhos do interior. Até a filhinha sumiu. Tratava-se de fotos com o dirigente-mor ao centro. Com indisfarçável prazer, apagou um margem aqui, outro margem ali, como gostava de denominar qualquer *persona non grata* ao gabinete. Algumas dessas pessoas posaram contrariadas. Odiavam o dirigente, mas dissimulavam até não suportarem e virarem margem. Em outra sala distante, o margem recebia um tiro no meio da cara, ou, com sorte, na nuca, e depois sumia engolido pelo ácido despejado em um tambor.

P. beirava à perfeição. Beirava, tinha conhecimento. Nas fotos, resistiam certos rastros, como se uma camada leve de poeira se assentasse na superfície dos corpos ausentes. Coisa quase imperceptível, mas ali. Para notá-la, não precisava de vista de lince, bastava um pouco de acuidade para certos estranhamentos. Uma relva embaçada, um repetido fragmento de gramado, uma sombra teimosa, um gesto vazio do dirigente-mor, um olhar sem sentido por parte de um não apagado. O entorno do eliminado constituía um péssimo álibi.

A funcionária terceirizada precisava apagar os mínimos indícios de uma existência. Sem isso, jamais alcançaria o grau de mestra. P. se viciou na arte da camuflagem. Não tolerava caguetes. No escuro, o jogo era bem mais sério, comparado ao *tec tec* de sua máquina.

Um ano após a mudança de cargo, P. se sentia de fato desafiada. E, em meio à perseverança nas técnicas, o breu tomou vida. Acometida de uma fraqueza aguda e dor no abdome, P. parou num hospital.

Veio o resultado de um exame. Seu útero desapareceu. Assim, sem mais. O clínico ficou pasmo. Pediu mais exames. Ficou pasmo em dobro. Agora, nas chapas de raio X, não apareciam a vesícula biliar, parte do cólon, o apêndice e um rim da paciente. O médico gritava pelos corredores do hospital. Gritava contra ladrões de órgãos agindo na surdina. Não fazia sentido. Mas gritava mesmo assim. P. emudeceu. Sem cicatrizes aparentes, e mesmo sem lógica, a jovem alinhavava tal má sorte a um incidente anterior.

Semanas antes, P. mastigou um inseto. Se apercebeu tarde. Não viu. Não viu o ser ali em seu pão. Uma barata.

A gorda carapaça estourou em sua boca soltando gordura de artrópode. Toda a podridão cabível em uma boca humana impregnou P. por vários dias. Imunda. Por conta disso, emagreceu mais de 30 quilos em uma semana. Pela garganta, passavam jatos e mais jatos de refeições frustradas. Goela de puro fogo. Magérrima, podia sentir as pontas dos ossos querendo rasgar a pele, sobretudo quando arqueava as costas, e a coluna, delineando a carne oleosa, surgia feito cordilheira nefanda.

Sentindo o corpo de encontro ao aço frio da maca, P. se perguntava quando desapareceria por completo. Chorava em seco. Clemência. Clemência, Senhor. Lembrando o pastor e a congregação domingueira, passou a suspirar um rápido e misericordioso fim.

De relance, notou, num canto, o mais escuro, uma finíssima película de poeira flutuando. Um véu. Um borrão. Em descompasso com o sacolejar ininterrupto de todos os seus ossos febris, ouviu um murmúrio de escárnio. Voz infantil. P. tomou ciência: morreria sem pressa alguma.

Espinhentos de medicina se acotovelam no quarto de P; clicam registros para os futuros estudos de patologia, e para com as cópias arrancarem risadas da família nos jantares dos grandes condomínios, olhe, mãe, olhe, pai, que coisa engraçada. Na mesa de cabeceira, repousa um vaso com flores enviadas pelo Gabinete 84. Secas. Flashes e risadas. Anotações e flashes. Narizes tapados. Escarnecendo do esqueleto de olhos espantados sobrevivendo na cama de ferro, os estudantes nem percebem os borrões flutuantes. Flashes e risadas. Anotações e flashes. Na câmara escura da faculdade, pouca coisa restará por se revelar.

Por quilômetros de muros, jovens agitam sprays de tinta. Do barulho das latas sempre surge **MORTOS HABITAM DETALHES.**

FUNDO DO BAÚ

Confessei que vejo gente morta. Silhuetas. Você riu. Besteira, Isabel, vi esse filme, você me disse. Seus olhos, no entanto, confessaram credulidade quando mencionei aquele detalhe. O demônio mora nos detalhes, ouvi isso por aí. Sei o porquê. Detalhe é isca. Nesse caso, pescou uma história antiga sua. Minha psique, Isabel, me resguardou dessa lembrança. Para compensar seus anos tumulares, me satisfiz com essa explicação antes de ouvir quase nada daquele feriado de vocês na serra. Sabe, mãe, tem dias que desejo não ter lançado a isca. Dias em que a boca chama de volta a indagação que fiz sobre o teu olhar anos atrás. O vô diz que eu e ele somos cópias escarradas. Discordo. Outra geração, me sinto mais vulnerável. Tava chovendo naquele feriado? Imagino o frio. Lábios ressecados. Como se beija com lábios rachados? Vi uma foto de vocês naquele feriado. O vô me mostrou. Você de gorro, jaqueta de couro, botas de cano alto. Tudo preto. Maquiada. Acho que nunca te vi assim ao vivo. Não lembro. E aquela turma? À sua direita, com camisa escrita Bauhaus, é o tio Felipe? Único sem bigode. Ele que descobriu o tal baú na antiga morada do caseiro? Quando vi a foto, me veio na hora o cheiro de lavanda. Você falou das lavandas plantadas perto de um dos quartos, numa varandinha. Fui concebida nesse quarto. Acho. Gosto de imaginar. Ao mesmo tempo, é estranho pensarmos a respeito do momento exato da nossa concepção. Quase ninguém imagina muito isso sem o véu dos romances. Se foi à noite, tinha luz acesa? De dia? No banheiro de alguma boate? Foi quente? O pau dele tava lavado? Numa cama manchada de motel suburbano? Será que ela gozou também? Ele caiu de boca antes de meter? Ela chupou? Meia nove? A camisinha estourou? Ela queria? Desejava mesmo? A cama coberta por dossel branco? De quatro sob um dossel branco? Calcinha para o lado? Mas soube da simplicidade do quarto, cama, cômoda, cadeira. E você sempre toda pudica, melhor, casta depois de velha. Vocês namoravam. Vovô ainda vocifera um subversivo ao ouvir o nome dele. Acredita? Essa palavra é tão década de 70, digo. Ele não escuta, ou finge, enquanto molha as plantas, enquanto manda a Rosa engraxar os coturnos para desfilar, enquanto prepara uma carne na churrasqueira. Na foto, Luís mal cabe numa camiseta do Rock in Rio. Ele e o tio não sentiam frio? Ele escolheu o meu nome, sei. De rainha, você explicou naquele aniversário do bolo branco cheio de bolinhas prateadas, cinco velinhas em cima. Este ano o vô me prometeu um apê, acredita? Na serra também levaram bolo. Chocolate. Seu aniversário mais esperado, e aquilo tudo. Deu tempo do Parabéns? Abriram o baú antes? Os detalhes, mãe, eu quero todos. Preciso deles, entenda. Você mencionou o conteúdo do baú, calçados de todos os tamanhos, carteiras, pulseiras. Os negativos, lembra? Vocês acharam que ririam de fotos da família na praia, na serra, na Argentina, viagem tão lembrada nas tardes de sábado. Vovô carregou a família toda para Buenos Aires, mesmo a trabalho. Tudo na conta do governo. Vocês riam tardes sem fim. Mas lá no alto da serra, contra a luz do lampião, vocês não botaram os olhos em imagens de viagem nenhuma. Silhuetas dos negativos empurraram todo mundo correndo de volta para a cidade. Rapazes e moças, alguns colegas de colégio do seu tio Felipe, você disse na época. Vocês reconheceram todas as pessoas dos negativos? Tudo saindo da escuridão. Uma sem as mãos e um com a boca arregaçada na marra e um com vergalhão no cu e uma com os olhos vazados e uma grávida enforcada e outra com o rosto todo afundado. Tinha até fardado posando com os seus troféus de caça, me segredou, lembra? As famílias procuravam em todo o canto. Confirme, por favor. Tio Felipe dirigiu aos berros. Noite, chuva fina e lágrimas atiraram vocês numa ribanceira. Tio Felipe morreu grudado numa árvore. Os outros quatro se safaram. Um ainda vegeta. Verdade, né, melhor morrer. Velaram tio Felipe de forma pouco cristã. O vô não se conforma, mesmo depois de centenas de feriados. Mãe, na capital, esquerdopatas filhos de uma puta andam remexendo coisas daquele tempo. O paradeiro dos tais negativos, mãe? Perdi a paciência. Me dá a porra dos detalhes. Vou acabar esquecendo onde estamos, hein! Esqueço de vez que sou sua filha. Quer escarcéu? Quer as enfermeiras aqui no quarto? Te deram muito remédio hoje? É isso? Ou ainda é vingancinha pelo Luís? Quer meu vô preso? Tá rindo? Que boa filha você. Confessa, porra, ou vou dar um tapa nessa sua cara. Quem é o decapitado num dos negativos? Fala, cachorra. Abre o bico. Por que ele me atazana as vistas até nesta merda de fim de mundo? Por que eu, mãe? Por que aqui em Barbacena, no meio desses loucos?

JOGA NO GOOGLE

Finjo dormir. Não adianta, o homem todo de branco tem esperteza como sobrenome. Aproxima-se do meu leito.

— Você sabia que quando se joga no Google as letras ALZ, não se recebe logo de cara opções de nomes como Alzira? Quer dizer, até vem um nome, mas o de um alemão. Sempre jogo lá o que não consigo lembrar: filmes, discos, livros... Horror! Esqueça. Esqueça o que falei.

Ele pega o copo de água da minha cabeceira. Bebe. Volta a falar.

— Essa minha introdução foi horrível. Sofrível. Não sou muito bom em iniciar conversas desse tipo. Peço sinceras escusas. Nunca dei notícias tão mal assim. Mas, meu velho, o seu caso é de fato muito peculiar. Portanto, como grande especialista no assunto e parte interessada, claro, fiz questão de vir pessoalmente ao seu quarto. Serei bastante minucioso.

Firula do caralho. Não quero ouvir nada desse ser infernal. Eu me viro para o outro lado, como se o movimento tivesse o poder imediato de calá-lo. Sinto dificuldades por conta do maldito cateter. Fico de cara para a parede encardida e puxo a coberta acinzentada sobre a cabeça.

Ele aproveita e toma a liberdade de se sentar na beirada da cama. Com discurso mais doutoral, o abusado continua a sua preleção.

— A história toda começa em 1906, com um tal doutor Alois Alzheimer. Sua paciente tinha apenas 51 anos. Parece espantoso hoje; no entanto, ela não era lá tão nova assim, considerando a expectativa de vida à época. Mas, de uma hora para outra, esquecer o rosto dos familiares? Esquecer a própria filha? Antes dos 80? Ora essa. O doutor era sagaz. Fez autópsia. Conclusão: desde então, determinado tipo de demência ganhou um nome elegante. Nome de doença em alemão soa melhor, não? Já imaginou a situação? Teu médico entra e diz: "Sr. Alfredo, você está sofrendo de Souza..." Que bosta! Não me leve a mal. Tenho horror a tal síndrome de vira-lata dessa gente garbosa frequentadora de Miami. Não sou nem um pouco esnobe. Não é isso. É só uma questão de sonoridade, entende? Souza não dá.

Ele bebe água de novo.

Engraçado esse sujeito exigir sonoridade tendo essa voz gutural e sibilante. De onde ele vem não se formam fonoaudiólogos, não? Até quando continuará me amofinando dessa maneira? Palestrinha de voz feia, isso sim. Puta que me pariu, só o que faltava pra foder de vez com o meu dia. O café tava uma bosta. Parecia uma dose de petróleo com pedaços de xisto. E agora isso! Colei chiclete na cruz, foi? Caguei na hóstia? Intencionalmente, passei piolho pra alguém com dreadlocks? E o meu colega de quarto? Morreu ontem? Osvaldo? Alexandre? Gustavo? Não importa. Era um babaca de grife! Quando levaram o viadinho amarelado aí do lado, me achei livre de toda a aporrinhação possível. Gustavo, o amarelado, lembrei. Levaram ele ontem?

E lá vem o desalmado de branco...

— Declínio progressivo das funções cognitivas. Eis uma maneira de nomear sua doença de uma forma quase poética. Gosta de poesia? Outra forma: você teve um acúmulo anormal de proteínas. Sim, nem sempre o excesso de proteínas é algo saudável. Gosta de biologia? Pois saiba: beta-amiloide é perigosíssima. Isso deveria constar no currículo escolar, não acha?

Ele não vai parar nunca? Viro-me novamente. Tenho a expectativa de o deter com a minha cara de ojeriza. Mas o sujeito de branco apenas sorri e continua. Abusado! Maldito!

— Sua situação, bem sabes, é muito crítica. A boa notícia é que você não chegará a confundir as próprias fezes com um delicioso doce de leite uruguaio. Não ficaria nada bem para um homem com o seu passado ser fotografado com merda no canto da boca. Agradeça o seu passamento digno ao teu fígado podre aí. Atuou mais rápido do que o cérebro. Órgão espertalhão, esse fígado. Bom demais, né?

Não suporto. Não dá. Chega.

— Cara, que droga você quer de mim? Fala logo, porra!

— Fico feliz em saber! Você ainda consegue falar, sr. Voz de Ouro do Brasil. Vim aqui por conta da sua dívida. Só quero avisar: o fato de ter esquecido seu contrato conosco não o exime de pagar o acordo. Você sabia que a grande arte da memória, aquela lá da Grécia antiga, está intrinsecamente relacionada à cobrança de pagamentos? Li semana passada sobre isso. No Google.

— Esse hospital não é público? Essa merda é privada?

— Meu caro, em sua atual situação, contando com migalhas de aposentadoria, você deve viver umas cem vidas só para pagar essa semana de internação. E isso excluindo alimentação e medicamentos. Claro, aqui é público. Com a merreca na tua conta, você não consegue nem peidar num hospital privado. Nem um arzinho. E pensar que em teu auge você defendeu o fechamento destes hospitais do povo... Lembra, não? Foi no programa da Helô Gilda. Precisa privatizar essa porra toda, você espumava e recebia palmas. O povo também apreciava a tua verborragia racista. Hoje, calado. Perdoe-me, não resisto a uma ironia.

— Então, quanto devo nessa bosta de dívida?

— Mais tarde nós te buscaremos, sr. Faustino. À noite, voltarei com toda a nossa equipe, incluindo um coach e um advogado, e então o senhor saberá. Meia-noite em ponto. É o pacto. Aguarde. Não gosta de surpresa? Etimologicamente, surpresa...

— Rapaz, antes de ir, só me esclareça uma coisa. Umazinha só. Para onde irão me carregar tem muita gente aporrinhante do caralho assim como tu?

Rindo, o puto se vai.

QUANDO PURGATÓRIO É INFERNO

Josué achou que tinha caído no inferno. Num erodido em Laje do Muriaé. Um sumidouro, como os matutos chamavam as armadilhas naturais. O jovem sentia o sangue escorrer pela cara e, com a mão enlameada, tentava em vão se limpar. Cheiros o sufocavam. De terra, raízes, bichos, e um não identificado de imediato. Depois de se mover no cubículo, percebeu a origem do fedor: o homem a sua frente. O escravizado e o capataz habitavam um buraco a centenas de léguas de distância da fazenda mais próxima.

Enquanto percebia a impossibilidade de sair daquele fosso profundíssimo, já com urubus e carcarás ao redor da beira e repleto de todos os tipos de inseto, incluindo formigas quase do tamanho de um dedo e gordas lacraias, Josué se lembrou da fuga e do quanto lutou. Rodrigo, o capataz, furiosamente continuou, mesmo quando outros havia muito desistiram.

Lentamente, Josué se aproximou do corpo inerte, mirando a cintura do homem que o havia chicoteado na última semana. Na cinta, a garrucha brilhante, pavor dos negros da lavoura. Josué a tirou do oponente como quem retira um favo de mel de uma colmeia lotada de zangões. Ao tomar a arma, percebeu a respiração do capataz. Então, ele se sentou com a garrucha apontada para o velho Rodrigo.

Meia eternidade, e o capataz abre os olhos.

— Que diabos tá fazendo, negro? Só tem uma bala, e mesmo que tivesse mais, que cê ia fazer?

Josué continua calado. Olhar rasgado.

— Rapaz, pensa bem. Bota a cabeça no lugar, só dá pra sair daqui nóis junto, eu subo no teu cangote, depois te jogo cipó. Pensa. Os bicho te come vivo depois do gatilho apertado. Não tem morte pior nesse mundão de Deus.

— E não sei disso? — Josué sorri e põe o cano na boca.

Por olhar para o alto, a última visão do escravizado não será o grito nas pupilas do capataz, mas o Sol entrando no buraco. É o destino que Josué deseja, antes de notar o estrago da umidade. Com o apertar, nem um estalido a garrucha solta.

Josué grita. Rodrigo gargalha com vontade.

— E então, negro? Como vai ser?

— Eu primeiro.

— Sempre abusado, mas vô confiá no escapulário aí do teu peito. Jura por ele?

— Juro. — Deu a mão para o capataz se erguer.

Josué sobe nos ombros trêmulos de Rodrigo e se agarra nas raízes e na vegetação rala. Os urubus e outros bichos abrem alas às mãos empurrando as beiradas do buraco para o torso negro nascer todo do chão.

Fora da cratera, o escravizado olha para baixo. Rodrigo compreende a estreiteza dos olhos.

Josué vira as costas para os esconjuros da bocarra da terra e corre um caminho de folhas secas. Contudo, seus pés são agarrados pela lembrança do padre.

— Nossa Senhora tira as almas do purgatório usando o escapulário como corda. — Pregava o velho de batina na pequena capela da casa-grande.

Josué busca a salvação. Retorna e procura uma certa árvore.

Na tentativa de colher o cipó, as mãos, acostumadas às carradas de cana-de-açúcar, tocam a seiva viscosa. Por meio do líquido translúcido, a mata oferece vidência.

Nas tramas das copas das árvores, Rodrigo solta a sua segunda gargalhada do dia quando vê o cipó caindo sobre o seu corpo. O musculoso braço negro o iça de vez. Fora do abismo, os dois, um de costas para o horror. Com o grito do carcará, distração, chute. Então Josué conhece o inferno pela segunda vez. Risadas e impropérios ecoam mata adentro. Alguns dias santos se passam, e o capataz se ajoelha na capela da casa-grande para agradecer o milagre e se tornar livre de todos os pecados.

Desfeita a visão, ainda aturdido, Josué volta para perto do buraco, se benze com a mão esquerda.

Joga apenas o escapulário.

COSME E DAMIÃO

Cheiro de merda queimada? Pinicar de matagal? Zanzar de ratazanas gordas? Cobras? Eu não tava nem aí pra porra nenhuma. O terreno baldio, de muro baixo, um nível mais alto do que a casa dela, oferecia vista privilegiada para o espetáculo. Era certeiro. Renata, três anos mais velha, chegava da escola, e, quase toda em pelo, fazia a minha festa. Safadinha, abria a janela e se despia com uma calma conventual. Pele toda de penugem dourada sobre sardas. O abrir do sutiã libertava os peitos mais lindos do mundo, comparados aos da *Playboy*. Os bicos, apontando para lados opostos, tinham três degraus de maciez finalizados em pérolas quase avermelhadas. Daria meu braço esquerdo para tocá-los. E a perna direita também. Depois de se virar de costas, a saia azul-marinho ia ao chão. Surgia a rendinha — por vezes, vermelha, noutras ocasiões, branca, amarelo de várias tonalidades e, a minha preferida, uma preta que marcava bem as carnes. E então, depois de um requebro, com direito a sorriso, a cortina se fechava na melhor parte do show. Sem poder bater palmas, eu explodia ali mesmo.

Não poucas vezes, arrastava o corpo para casa e, com o saco ainda latejando, me trancava no banheiro por séculos. Rindo de mim mesmo, eu culpava a Renata por parte daquela minha aparência cadavérica aos 13 anos.

Uma das minhas últimas idas ao terreno baldio foi numa segunda-feira nublada. Um coito interrompido. A janela nem se abriu. Cosme e Damião me pegaram. Cosme, esse fortinho que agora você imagina correndo com um alicate na mão, sem camisa, suado, olho de peixe, arfando, todo vermelho, namorado da Renata. Atrás, veio o Damião... Sim, isso mesmo, irmão. Nada doces os dois. Damião me segurou, enquanto Cosme arriou a minha bermuda ameaçando arrancar o meu pau. Mas o plano dele não era bem esse. Devo agradecer a Deus? O alicate foi parar noutra parte do meu corpo. Senti o gosto da ferrugem. Esperneei. Damião me segurou. Com o metal frio, Cosme agarrou dois dos meus dentes. Porra, logo os da frente? Chacoalhou a minha cabeça, como um tubarão tentando arrancar um bom naco. Apertou o cabo com as duas mãos. Dava para ver as veias pulando dos antebraços, e se ouviu um estilhaço em mim. Abafando um pouco o urro, o sangue grosso tapou a minha goela.

— Pra aprender a respeitar a mulher dos outros, babaca. — Cosme terminou o recado.

Ao sair do matagal, tentou abraçar o irmão, mas, com um tranco, Damião o afastou. A janela da Renata não se abriu naquele dia. Fiquei só temulências e diarreia.

Em casa, menti. Tive medo de minha mãe se meter em confusão. E já pensando na possível proibição (eu sempre inventava algo), perdi os dentes numa corrida de carrinho de bilha. Nunca andei de carrinho de bilha. Não gosto do barulho, me dá nervoso.

— Você nunca mais vai andar nesta merrrrrda, tá me ouvindo? Nunca mais! — Depois me carregou para o PAM de Del Castilho.

Encharquei de vermelho alguns algodões, tomei um remédio, me mandaram voltar um dia, quem sabe. Resultado: fiquei uns três anos igual àqueles sujeitos que na dura da polícia perdem logo o direito de sorrir decentemente. Não preciso nem dizer que nesse meio-tempo não beijei ninguém com essa minha boca de xilindró.

Renata passou por mim dias depois, cabeça baixa, cara inchada, olho esquerdo roxo. Cosme acabou com ela. Chamou de vagabunda na frente dos próprios pais da garota, disseram. Ela nunca mais me abriu a janela do quarto. Fecharam-se juntas.

Eu queria matar o Cosme. Mas todo o bairro respirava medo dele. Sujeito nervoso esse irmão. Mandou até neguinho pro hospital e tudo. Já Damião, o oposto, pelo menos, segredavam as velhas. Até certo dia, eu não achava isso, não.

Dona Manuelina deu à luz primeiro o Cosme. Voltou para casa com o menino, que se chamaria Alex. Teve que correr horas depois para o hospital: os médicos esqueceram um moleque dentro dela. Dia seguinte, Alex virou Cosme, e o esquecido virou Damião. Dezoito anos depois, gêmeos idênticos apenas na cara: Cosme, alto, esguio, musculoso até; Damião, baixo, socado, com braços descendo quase aos joelhos, mãos enormes. Cosme, um tagarela; Damião, mudo. Ah, e tinham cicatrizes idênticas, no rosto, braços, joelhos. Não tinham o dedão do pé direito. Ninguém da rua sabia o porquê. Cerol de pipa, perguntavam? Improvável, descobri.

Morávamos na mesma rua, eu na parte de baixo. Tentei de tudo pra me camuflar. Dias depois do lance no terreno baldio, encontrei com o meu dentista-algoz duas vezes. Na primeira, deu merda braba. Na segunda, vi algo inimaginável.

A PRIMEIRA.

Minha mãe pediu que eu fosse ao botequim do senhor Queiroz comprar pão e mortadela. Uma prima dela iria lanchar lá em casa.

O botequim fedia a cerveja velha. Rádio sempre ligado na Tupi FM. No balcão, um baleiro gordo e colorido enfeitava a vista. Mesa de sinuca na entrada. Eu gostava dali. A mortadela pendia em cima do balcão, e o velho Queiroz, depois de espantar algumas moscas (não eram varejeiras, não), a fatiava com uma faca meia-lua de tanto afiar apenas ali na meiuca. Ele embrulhou tudo em papel de pão. Ainda ousei pegar umas balas *soft*. Põe na caderneta, depois minha mãe acerta com o senhor.

Com os pés já na soleira, vi o maldito. Não andava só. Senti duas pontadas bem agudas no céu da boca. Abraçado com três galalaus, Cosme virava a esquina lá embaixo. Retornavam da pelada. Damião, cabisbaixo, chutava tampinhas mais atrás. Ainda pensei em voltar para dentro até eles passarem, mas, na certa, virar copos de guaraná Tobi gelado os movia nessa direção. Finquei minhas Rider na porta do estabelecimento. O rádio do bar jorrava o chamado agourento do *Patrulha da Cidade*, com as notícias dos cadáveres mais fresquinhos do dia. O grande destaque era o corpo de um garoto encontrado na praça de Inhaúma com um arame farpado dentro dele. Imitava um presunto de anos antes. Não consegui entender como o troço parou no interior do infeliz. Da mesa de sinuca, um velho de boné jogou conversa fora. Coisa de grupo de extermínio. Esquadrão da morte, meu chapa. Isso é coisa do Mão Branca, vão descobrir cedo ou tarde, anotaí.

Que me desculpasse o sujeito do arame farpado, todo o meu respeito aos falecidos, mas naquele instante eu enfrentava os meus próprios demônios.

Quando um calhorda anda sozinho, periga agir com alguma truculência. Quando em grupo, é brutal. Ensaiei correr. Me viram arisco. Os putos farejaram o medo. Não deu outra. Perdi o lanche e ainda tomei uns cascudos. Caso não enxergassem parente no meio da treta, os adultos jamais intervinham. Quando muito, soltavam um acanhado "deixa disso". Nessa tarde, os velhos, mais preguiçosos ainda, viraram a cara. Tomei chute na bunda e o escambau. Só não me deixaram pelado porque uma senhora vinha passando, e o decoro familiar imperou. Me esculacharam, menos o Damião.

Desesperei.

Fiz um banquinho do meio-fio quente. Não sabia o que contar lá em casa. Não dava para fingir atropelamento, usei essa dois meses atrás por causa de uma porradaria com moleques da minha idade.

A mãe era onça. Se eu dedurasse o Cosme, ela iria caçá-lo e daria merda feia. Minha mãe iria pro xilindró, com certeza. Eu já previa o espancamento do Cosme na manchete do O *Povo*: Fera de Pilares mata jovem na paulada. O apresentador do canal 7 iria lá em casa. Voz cavernosa. Aqui começou o ataque de histeria da Fera de Pilares. Até ontem, uma comum costureira e dona de casa. Hoje, assassina sanguinária. Já não podemos confiar em mais ninguém, minhas senhoras e meus senhores de bem. Aqui! Corre aqui, câmera, vamos falar com o Fernando Miguel, o filho posto no camburão nesse momento. Ele é o pivô. Vejam! Sorriso de presidiário! O pivô vai precisar de pivô. Gostou dessa, prezado espectador?

O puro horror abastecia os meus pensamentos. Muitos anos depois, esse verdadeiro *loop* se tornaria um trem-fantasma gigante, movido a doses colossais de cortisol, e receberia um nome cuja abreviatura, caso repetida, recorda o som de alguém batendo à porta. Medo número um: verifiquei a porta? Medo número dois: deixei o gás aceso? Medo número três: o ferro de passar roupa estava mesmo desligado? Medo número quatro: e se peguei tétano ao esbarrar o meu braço naquele poste enferrujado? Medo número cinco: e se eu perder o controle e sem querer ferir alguém, um amor? Eco na minha cabeça.

Para começar o passeio pelo trilho de Moebius, o número sorteado é: cinco! Deu cinco! Conseguiu sair do medo número cinco? Então, vá para o vagão número quatro. Sua antitetânica está em dia, abestalhado? Tem certeza? Lava, verifica, lava, verifica, lava, verifica, lava, e se? e se? e seeeee? lava, verifica, lava...

Da primeira estação de meus temores, percebi ele todo solitário. Suado. Sorriso invertido, corpo atarracado. Trazia um embrulho na mão esquerda. Canhoto? Estendeu o embrulho. Esfreguei o rosto e, com a mão molhada, aceitei. Eu não disse nada. Assenti. Damião continuou calçada afora. Não embrulharam apenas o pão e a mortadela, o danado colocou balas e até um pirulito do Zorro. Involuntariamente, a recordação desse gesto me abraça hoje.

Corri pra casa. A mãe estranhou minha demora, mas estava distraída com a visita.

Sem refri, meu alívio empurrou o pão com mortadela pela goela. Mortadela já foi lanche bom demais. Dava ardência. Hoje não colocam pimenta-do-reino. Por que será?

A SEGUNDA (AQUELA COM ALGO INIMAGINÁVEL).

A novidade chegou primeiro à rua 6. Morávamos na rua 10. Minha avó dizia ver a rua 6 amaldiçoada. Pudera, toda notícia ruim nascia ali. Motociclista degolado por linha de pipa, explosão de botijão de gás, envenenamento de cachorros, garoto perdendo olho na base da pedrada, moleques amarrados em postes no dia de malhar o Judas — as coisas mais leves na minha lembrança. O recorde do macabro foi batido quando chegou a novidade pelas mãos de um cara chamado Boneco. Os galalaus da rua 6 começaram a meter a venta a valer. Nariz nevado e sangrando se tornou algo comum entre a rapaziada frequentadora da esquina. Em plena luz do dia, viam-se olhos arreganhados e queixo nervoso pra lá e pra cá, pra lá e pra cá. Ranger de dentes. Brigas triplicadas. Começaram os pequenos furtos. Assassinatos. E estacionavam camburões atrás de arrego.

Se nem grávida negava um teco, o que dizer de um valentão como o Cosme? Passou a viver na esquina da rua 6. Cosme virou o clichê do viciado, dando o perdido nas coisas de casa. Primeiro vendeu os rádios de pilha, depois avançou nos móveis pequenos e no aparelho de jantar, e com a sua casa já semivazia, passou a mão na TV. Nesse dia, nos encontramos.

Minha mãe se fez costureira de mão cheia. Da rua 2 até a rua 12, todo mundo já tinha desfilado com alguma peça saída lá de casa. E quem era o entregador oficial de roupas da dona Conceição? Sim, eu ganhava doces em troca desse serviço e, por vezes, não poucas, as clientes me davam uma gorjeta. Toma aqui um agradinho, ouvia da brecha das portas. Eu acompanhava aflito a Singer de minha mãe, ansioso pelo acabamento de alguma peça.

Numa tarde chuvosa e fria de junho, a mãe me chamou.

— Isso aqui vai para a dona Manuelina, a dos gêmeos.

Tremi.

— Que isso, moleque?

— Frio.

— Bota um agasalho e vai logo.

Passei a mão na jaqueta jeans e parti com o embrulho dentro de uma mochila emborrachada de marca. Azul e falsificada.

Alfinetes gelados cobriam o bairro, mas chincheiro não liga para uns pinguinhos de chuva. *O calhorda deve bater ponto na esquina da outra rua*, pensei. Mas, como você leu um pouco antes, me dei foi mal.

Dona Manuelina morava em uma casa com um pequeno quintal na frente. Telhado velho, como quase todos da rua 10. Bati palmas no portão, enquanto notava alguns detalhes. Muro baixo, com gradeado azul descascando. Chão de caquinhos vermelhos na entrada. Um azulejo com imagem de São Lázaro na parede da frente. Uma roseira. Um grande vaso lotado de espadas de São Jorge. Parecia a minha casa, com a diferença do azulejo — o nosso exibia Nossa Senhora Aparecida, protetora da minha família.

Lá de dentro, me chegou o cheiro de vó na cozinha. Dona Manu assava os bolos mais gostosos do bairro. Vivia disso. O marido, policial militar, morreu em uma troca de tiros num puteiro do centro da cidade. Não estava de serviço no dia. Trocou tiros com um parceiro de farda. Fiquei sabendo, óbvio, pelo *Patrulha da Cidade*.

Pelo menos, os gêmeos conheceram a fuça do pai. Eu, nem isso.

Rua vazia. Bati palmas. E, de novo, nada. Fugindo do frio, meti a mão na tranca gelada do portão e parei na cobertura do quintal. Não deveria ter feito isso. Até o diabo sabe: só se entra na casa dos outros quando convidado. Quintal é parte da casa. Parte de fora, verdade; ainda assim, consta na escritura.

Me aprontei para bater palmas outra vez, quando a porta da frente abriu de supetão. Saiu Cosme segurando uma banda da TV, logo atrás veio a mãe, segurando a outra, ou tentando, e, para o meu queixo cair de vez, saiu Boneco, rindo da bulha. Fiquei invisível. No quintal, dona Manu, aos prantos, grudava na TV com os braços gordos.

— Acabei de trocar o tubo de imagem. Pelo amor de Deus, larga, larga, seu diabo! — gritou.

Cosme liberou o braço esquerdo e passou a socar a mãe. Barulho seco na cabeça. Dona Manuelina berrou de dor. Boneco riu mais. Cosme venceria o cabo de guerra. Não apostei, ainda bem.

Lá da escuridão da sala, explosão de uma garrafa se espatifando. Todos os olhos seguiram a direção do barulho. Damião saiu num pulo só. Empunhava uma garrafa quebrada de guaraná Taí. Boneco se preparou para correr, na certa temendo uns cortes feios.

Estatelei de vez.

Veio o bizarro, cena digna do quadro "Incrível, Fantástico, Extraordinário" do canal 4.

Damião esticou o braço direito e tascou um rasgo com a garrafa, mas quem urrou de dor foi o Cosme, derrubando a TV no chão. Os olhos do Boneco pularam para o sangue pingando do Cosme, e depois pularam para o braço arregaçado do Damião.

Saltando o muro com a habilidade de uma ratazana, Boneco voltou para a rua 6.

Aos berros, Cosme se desesperou para dentro de seu lar doce lar. Damião, sem ligar para sangue nenhum, se abaixou para ajudar a mãe abraçada com as sobras da TV Philco.

Sem dizer nada, deixei a encomenda em uma cadeira de plástico. Catando cacos, dona Manuelina ainda choramingou um muito obrigado desajeitado seguido de um vai com Deus. Minha gorjeta virou história. Mesmo que as moedas viessem, com que cara eu aceitaria?

Contei tudo para a minha mãe. Ela perguntou se eu estava usando tóxico. Cheirou as minhas mãos feito cão farejador da polícia. Se mentir de novo, ficará de castigo sem TV por uma semana, sentenciou. Não ligava muito para TV. Agora, sem rádio não dava para passar nem a pau. Eu só dormia depois de vibrar com as aventuras de *Jerônimo, o Rei do Sertão* e de rir com as piadas picantes da *Turma da Maré Mansa*. Programas radiofônicos já falecidos, como a pimenta da mortadela.

Cosme, devendo até as pregas na boca de fumo, pôs os pés no mundo.

Um bordão corria o bairro. "Boneco não perdoa. Boneco não esquece."

No final de setembro, sábado, madrugada, encapuzados arrancaram Damião de casa e tacaram gasolina nele na frente da mãe amordaçada e amarrada. Boneco riu o tempo todo do espernear e do urrar do bom irmão. Boneco não esquecia mesmo. Todas as ruas correram para ver o enorme carvão no meio do quintal mais triste do Brasil, com a mãe chorando um céu. Percebi no estorricado apenas uma mão. A mesma que me fora brutal e gentil. Pela primeira vez, solucei a perda de alguém.

Minha avó passou a arranhar o disco *A Nossa Rua Também Sofre Maldição Volume 1*.

Na segunda-feira dos infernos, entrei no bar do senhor Queiroz para trocar um palito de picolé premiado. Ouvi no *Patrulha da Cidade* que policiais encontraram um corpo carbonizado em Itaboraí.

Mistério: cadáver achado em um quarto todo trancado por dentro. O pouco de móvel do cômodo não se incendiou. Só encontraram o tal morto todo encolhidinho num canto do quarto. Sentou no colo do capeta. Coisa do outro mundo, completou o locutor.

Da soleira do bar, já de frente para o asfalto trêmulo, ouvi a opinião da mesa de sinuca. Coisa do outro mundo é o cacete! Isso é coisa do Mão Branca. Só pode. Anotaí.

Quis contrariá-lo. Só fagulha minha. Meu picolé derreteria muito rápido. De mais a mais, como diria a minha avó, ouvidos sebentos não merecem boas histórias.

POSSESSÃO

Carrion child, pray for me,
play your wild card.

"Possession", The Sisters of Mercy

Com a mão direita descansando na cortina, observo uma ranhura de sol lamber a garota deitada na cama de ferro. Contorção brutal acomete a magra. Sacoleja. Por efeito do movimento do rosto indo ao encontro do ombro direito, a parte esquerda de seu pescoço se alonga. Range. Completo a análise graças à provocação da luz. Para Tomás de Aquino, a verdade caminha com ela. Toco o recipiente frio no meu bolso esquerdo, esperança de algum alento.

Tento abrir-lhe a boca, parece uma morsa apertada por mecânico raivoso. Calculo a pressão. Deve ser descomunal, tamanho os calombos nas pontas do maxilar. Como aguenta? Como os dentes não se esfarelam? A despeito disso, um sorriso obstinado rasga a face tão delicada. Ela chora ali pela careta.

Pingos correm pelo meu rosto. O dela, a todo suor desde cedo. Cabeleira ruiva empapada. Olhos de puro clamor. Com eles, a sardenta grita tira isso de mim, não aguento mais. Tudo range. Tudo ferrugem.

Nunca vi nada igual. Talvez nunca mais torne a ver. Com certeza, nunca mais a verei com vida. Toco de leve a chaga na planta do pé esquerdo, a porta de entrada. Ela uiva entre dentes. A avó e o pai nem deveriam estar aqui. Abrem as bíblias e começam a gritar orações. Por causa disso, ela arqueia o torso e transforma as mãos em garras. Não suporta o barulho, claro.

O pai tem dificuldades para andar — pólio, me confessou a velha. Mesmo assim, caminha em círculos pelo quarto. De todos, o sujeito deveria ter aprendido.

Penso em esfregar a cara do filho de uma puta na cama.

Filha minha não toma vacinas, nem antitetânica, nem merda nenhuma, disse quando deu entrada.

A sua queda desajeitada aos meus pés me detém. Me poupou arrependimento. Já tenho sonos cheios deles.

Ele se ergue agarrando o meu jaleco. Eu o ajudo, ao menos nisso.

Não enxergo salvação para essas almas. Desisto. Apalpo o isqueiro no meu bolso direito. Necessito de um paraíso, mesmo volátil. Largo o arrependido cético crendo com todo o seu fervor.

Lá dentro, gemidos e orações se perpetuarão só por essa noite. Não tardará. Acendo meu cigarro e abro o cantil, fodam-se as regras.

SCOLOPENDRA GIGANTEA

Penso que quase toda criança da minha geração praticou entomologia por intuição e conveniência. Simples: a estatura contribuía (olhos mais próximos ao rés do chão), e o tédio pré-internet alimentava tal competência. No quintal de nossa casa suburbana, durante boa parte da década de 80, me dediquei a essa arte. Não chamo de ciência. Observar corpos segmentados é, sem dúvida, uma arte. Entre um grito materno para o almoço e outro para o jantar, eu ralava os cotovelos empunhando a lupa em direção ao solo atapetado de folhas. Perscrutava cada canto daquele chão, orgulho do meu pai e horror da minha mãe; ela detestava varrê-lo. Debaixo de pedras úmidas, me encontrava com os motivos do meu encanto: baratas cascudas, percevejos, lesmas, caracóis, formigas cabeçudas e, minha paixão, lacraias.

Numa manhã de Natal, a terra exalava cheiro de chuva, e vi o animal que eu tinha mais próximo de um dinossauro ou de um dragão sendo arrastado para uma toca por centenas de patas amareladas. Amor à primeira vista, clichê caso fôssemos da mesma espécie. Alguns natais e aprendi o nome científico daquela predadora de trinta centímetros: Scolopendra gigantea. Li na *Barsa* que a sua dieta poderia incluir lagartixas, camundongos, baratas e até pequenas cobras.

Confesso, não sem pulga de remorso: sacrifiquei o periquito de minha avó. Amarrei as patas e as asas e o deixei na beira da toca, rente à grande pedra esverdeada por musgos, sempre gelada ao toque, não importando a época do ano. Quando percebeu as antenas inquietas deixando a escuridão, o pássaro verde-amarelo se contorceu, piou alto, mas cedeu logo à primeira picada que levou abaixo do pescoço. A paralisia das penas quase instantânea me fez lembrar da bandeira parada na quadra do colégio. Pelo furo que abriu no peito, minha amiga deslizou para dentro do bicho. Metade da lacraia ficou de fora, parada, enquanto a outra metade livrava a carne da ave de todas as tripas que conseguia atingir. Aprendi ali naquele chão que, em nossos primeiros anos, a curiosidade escancara certas portas.

Acompanhando o meu tamanho e o da minha irmã, as cobaias cresciam. No réveillon de 83, tio Jorge morreu em um acidente de trânsito e nos legou algumas contas atrasadas, além de uma pequinês envelhecida. Como acontece com quase todas as velhinhas e crianças, minha avó tomou amor pelo bicho. Isso atrapalhou meus planos, não só porque a cadela vivia no colo dela, mas pelo fato de eu ter carinho por minha avó. Durante alguns meses, me contentei com espécimes de sangue frio.

Afora um ser bípede ou outro, um dos bichos mais fascinantes que já sacrifiquei foi um sapo bem gordo. Também amarrei as patas, desconsiderei a sua principal arma. A minha amiga apontou no buraco, e o sapão a alcançou com a língua. Soco de uma polegada do Bruce Lee, e um terço da lacraia parou na goela do batráquio. Enquanto o devorador ficou imóvel, a devorada se debateu com todas as patas e arqueou os ferrões traseiros rubros. Pensei em ajudá-la, mas sou justo. E veio a inércia total, momento em que só então percebi o cheiro das mangas apodrecidas, perfume das férias escolares. O sapo só de olho arregalado quando a lacraia recomeçou a contorção. Nas costas do anfíbio, como uma espinha, formou-se um calombo, evoluiu para um furúnculo e estourou. Por ali saíram patas. Dançou um cumprimento com as antenas molhadas e retornou para dentro de seu devorador. Gozava de seu habitat, vivia nas entranhas da terra e das entranhas dos outros. Já se via apenas a pele verde quando deixei minha amiga a sós com o seu alimento-brinquedo. Ao retornar para casa, pela primeira vez, acariciei as costas de Sofia.

No final do século XIX, o demônio inventou um tal coaster brake, o freio torpedo, mais conhecido como freio contra pedal. Li na *Barsa*. Na década de 70, adaptou-se a traquinagem aos olhos aventureiros; chamaram de Brandani. No Natal em que ganhei um pega-varetas, Sérgio ganhou uma Brandani. Eu queria uma Brandani. Eu sonhava com uma Brandani. O mundo todo babava por ela. Mesmo repetindo de ano, meu vizinho a conseguiu. No dia 25, em toda a minha timidez, implorei para dar uma volta pelo quarteirão. Na Semana Santa, consegui.

Que dia feliz. Minha avó daria aleluia na missa. Decidi amarrar Sofia na boca da toca no fim da tarde daquele sábado. Na parte da manhã, malhei o Judas com todos. No espantalho, fincamos uma placa com o nome das fofoqueiras e das vadias do bairro. Rolou confusão, um moleque tentou riscar o nome da irmã. Apanhou junto com o boneco. Sou calado, ainda bem. Depois do almoço, Sérgio me emprestou a Brandani. Rasguei à toda, ladeira abaixo. Na frente de um terreno baldio, enxerguei o meu desafio: um Everest de lixo e entulho de obra. Só não vi o vergalhão. Esqueci o freio diabólico, busquei ajuda no lugar errado, achei um rasgão feio no braço. Desacordei. Minha avó orou em outro lugar naquela tarde.

Voltei do hospital com o antebraço mumificado. Deram pontos, disse vovó com a mão na minha cabeça. Meus primeiros pontos. Mal me aguentava para ver o resultado. Buscando atenuar a minha desgraça, vovó parou numa banca de jornal e me comprou uma *Mad*.

Na dor da manhã seguinte, a vó deu uma de enfermeira. Hora da limpeza, disse, e abriu o curativo. Seu rosto entregou o horror. Instintivamente, imitei a reação ao pôr os olhos no risco grosso do pulso ao cotovelo. Latejou.

— Putos! Usaram grampos, usaram grampos — ela disse.

Es-ca-ri-fi-ca-ção. Li na *Barsa*. Gosto da palavra. Veja aqui a vermelhidão. Se você não estivesse com o livro nas mãos, poderia sentir o relevo delas. Lindas patas, não?

MUROS DA MEMÓRIA

O manuscrito de um paciente do Hospital Colônia de Barbacena como possível processo terapêutico (*título provisório*).

Projeto de pesquisa de Doutorado a ser apresentado ao Programa de Pós-Graduação do Departamento de Psicologia da Universidade de São Paulo (USP) (*primeiro esboço*).

Candidata: Aline Bezerra Schmitt

INTRODUÇÃO

Barbacena é um município de Minas Gerais nascido nas cabeceiras do rio das Mortes. A região foi habitada pelos índios puri até o final do século XVII, quando ocorreu a chegada do homem branco com a sua sanha exploradora. A sede de ouro e o apressamento de índios ditavam as ambições naquela época... (*completar dados com o desenvolvimento da cidade nos séculos XVIII e XIX*). O Hospital Colônia de Barbacena, local onde ocorrerá parte substancial desta pesquisa, fundado em 12 de outubro de 1903, integrou uma rede de hospitais psiquiátricos. (*preencher com os dados cedidos pelo orientador*). Neste local, cometeu-se um verdadeiro democídio nos últimos anos. Esse fato recebeu grande visibilidade da imprensa, aumentando o apelo popular pedindo o seu fechamento (*colocar citações dos jornais, citar Daniela Arbex e seu "Holocausto brasileiro"*). Parte considerável dos internados não foi sequer diagnosticada com alguma perturbação psíquica ou contou com algum parecer de especialista em saúde mental (*não se esquecer de citar Foucault, Goffman e Gay*). Alguns internados pararam ali como alguma forma de punição, muitas vezes julgados por poderes paralelos ao Estado. O local já foi comparado a um campo de concentração, tamanho era o grau de desumanidade entre os muros.

Neste projeto, nos debruçaremos sobre o chamado "enigma do Pavilhão A". Vamos pesquisar as inscrições deixadas por um dos internos. Ele chegou mesmo a escrever uma carta para a falecida senhora Miriam Botelho do *A Hora da Verdade*, exigindo que o jornal se retratasse por descrevê-lo como, em suas palavras, um monstro. Não se sabe como essa correspondência saiu da instituição. O jornal não se retratou.

Parte significativa do escrito nos muros do pavilhão já foi cotejada com notícias de jornais da época pelo grupo de estudos do professor Anderson Copeland. Concluiu-se que o interno ouvia coisas de outros pacientes, cozinheiros, enfermeiros e médicos, assim como ouvia notícias e músicas do rádio de um dos seguranças (um ex-militar) e, claro, lia jornais velhos. Desta forma, a coerente "colcha de retalhos", sempre escrevendo de trás para a frente, possui muitas passagens condizentes com a realidade, assim como apresenta uma escrita equiparável à de muitos escritores profissionais. Essa forma de memorialística (*para hipótese: posso mesmo chamar isso de memória?*), escrita nos diversos muros deste pavilhão, contando mais de trinta mil palavras, é atribuída ao paciente (*paciente ou interno?* VER ISSO COM ORIENTADOR) conhecido como "Mestre das Bonecas" (*colocar em anonimato?*). Relatos dão conta de maus-tratos na infância e na adolescência.

O Mestre das Bonecas destroçou seis crianças (duas delas eram filhas dele) e as costurou com os membros trocados. Depois, acondicionou os corpos no sofá, copiando uma velha fotografia *post-mortem* do século XIX. Esse interno era aficionado por esse tipo de fotografia, possuindo, inclusive, um álbum nunca encontrado após o massacre em sua casa (*Talvez ver Jung para pensar a relação com as imagens*).

Anexar aos documentos a transcrição das cartas dos anos 70/80 realizada no arquivo do antigo jornal A Hora da Verdade (*copia/cola*). Trata-se das missivas de Isaura Vasconcellos, a única interna que conversava com o Mestre das Bonecas no pátio da instituição, e a correspondência de Simone Torrezão, enfermeira responsável por cuidar do paciente em questão. Ambas escreveram para a jornalista Miriam Botelho. Alguns internos apresentaram verdadeira obsessão por uma coluna desse jornal (*isso pode ser uma chave para pensar a minha tese da relação do uso da escrita na prática terapêutica*). A carta foi escrita antes de Isaura ser internada com delírios paranoicos e pouco depois de Torrezão começar o trabalho em Barbacena. Interessante notar que Torrezão é hoje paciente do mesmo lugar (*marcar uma entrevista com ela, talvez no segundo semestre da tese*).

Ver a bibliografia com o orientador! Mandar novamente um e-mail.

(*na parte metodológica, preciso informar a impossibilidade de entrevistar o Mestre das Bonecas. Motivo: após a fuga, o paradeiro dele é desconhecido*).

ANEXO 1

Rio de Janeiro, 11 de agosto de 1979.

Sra. Miriam Botelho,

Chamo-me Isaura Vasconcelos e sou muito fã da Capa Preta. Peço ao meu tio, Gustavo, comprar o jornal todos os domingos somente para lê-la. Quase sempre deixo para ler à noite, justamente para criar um clima de maior suspense. Gosto de fazer uma cabana com os lençóis e usar uma lanterna para iluminar. Uma de minhas histórias preferidas é aquela sobre a casa velha em Paraty. Achei o final particularmente perturbador, quando a senhora apenas menciona a cor meio acinzentada e esverdeada da enorme barriga da moça grávida. Fiquei toda arrepiada pensando no estado dessa narradora.

Eu sonho em ser escritora. Bem, sei que posso dar asas à minha imaginação desta maneira. Tem bem uns três anos que eu não ando, pois um acidente me deixou na cadeira de rodas. Daí comecei a escrever algumas coisas. Talvez um dia tome coragem e envie algo para a senhora dar uma olhada, quem sabe? Seria uma honra para mim. São histórias de romance, diferentes dessa. Minha professora elogia muito as minhas redações.

Não tenho nenhuma história de poderes paranormais, mas tenho uma sinistra. Começa ainda no tempo em que eu andava, sobre o rapazinho que morava no segundo andar. André. Três irmãos, todos mais novos. O pai era o senhor Osvaldo, e a mãe, dona Almerinda. Pois bem. Esse senhor Osvaldo não era um sujeito nem um pouco estranho. Um cara alto, de porte atlético e muito sério, que usava barba e óculos. Dona Almerinda lavava roupa para fora na parte da manhã. Já a ocupação do senhor Osvaldo eu não sabia. Aliás, ninguém na rua sabia. Desconfiavam que fosse segurança de alguma loja. Os rapazes e as moças da rua cochichavam quando ele passava, isso sim. Tinham visto ele saindo de um jipe do exército. Dona Almerinda também assava bolos para vender, fazia um delicioso de abacaxi bem molhadinho, sabe? Quem tomava conta das crianças era o mais velho, o André. Em cima dele despencavam todas as culpas. Numa tarde de domingo, bem no horário de descansar a barriga, o prédio todo alvoroçou com gritos vindos do segundo andar. O senhor Osvaldo destruiu os dentes do André só com um soco. Ninguém sabia o porquê. O garoto ganhou uma coleira de dois dias ao pé de um grande armário escuro. Minha mãe viu na segunda-feira de tarde. Voltou aos prantos, viu um menino-bicho. André defecou e urinou ali mesmo, sobre um jornal. O senhor Osvaldo proibiu a limpeza. O rapaz não era de falar com ninguém na rua, nem saía para brincar com os outros meninos. Dois anos depois dessa surra, o André matou todos os irmãos e a mãe. O senhor Osvaldo escapou por pouco. Visitei os corpos. Aliás, a rua toda foi. O André achou uma arma do pai escondida no tal móvel escuro.

No apartamento, persistia uma tinta cinza-claro. Sangue e pedaços para todo o lado. Minha primeira vez naquele apartamento. No final do corredor finalizado por uma varandinha, os corpos todos num canto só, como se tivessem corrido para lá. A senhora se pergunta sobre o tipo de arma. Meu tio apostou numa submetralhadora e disparo acidental. Outros vizinhos viram uma pistola das modernas. Tenho lá dúvidas se foi mesmo sem querer, pois o rapaz não batia muito bem. O senhor Osvaldo tomou uma bala no braço. Já a mãe arregalava os olhos, caída por cima dos meninos. Os bracinhos podiam ser vistos por baixo dela, como se quisessem sair dali.

Os cômodos exalavam um cheiro insuportável de barata. Minha mãe chamava a família de "inimigos da limpeza". Também acho. Reparei o fogão repleto de fósforos riscados grudados numa gordura escura. Hoje, não posso sentir cheiro de barata, logo me lembro daquela cena. O senhor Osvaldo mudou de estado depois disso, vive lá pros lados do Norte, ajudando o governo em alguma coisa. O André, sempre negando, vive num calabouço de hospício, acho.

Meses depois, subindo do segundo para o terceiro andar aqui do prédio, me empurraram. Moro no quarto andar e não botaram elevador. Prédio velho, sabe como é, né? Bati com minha coluna nos degraus com uma violência tremenda. Ouvi quando o osso estalou dentro de mim. Fiquei meses no hospital. Acordei assim, sem andar.

Dona Almerinda me ferrou (desculpe o linguajar). Sonhei com ela enquanto em coma. Uma mulher toda desgrenhada, suada, vestindo saia e um *top*, com uma barriga de grávida. Uma coisa se mexia, dava pra ver pela pele estufada. Lembrou a história contada pela senhora. Pior, ali comigo. Saíam vermes da barriga dela. Podre, sentia o cheiro daquilo. Acordei sozinha no quarto do hospital. Mas ainda ouvia a voz dela sussurrando. O André te amava, sua vaca. Meu filho te amava, sua puta.

Mas eu jamais falei com aquele garoto.

Antes das mortes, toda vez que eu passava pela porta deles, eu sentia alguém atrás daquela madeira escura.

Uma semana antes de tudo acontecer na casa do André, umas amigas vieram me visitar. Só depois eu soube. Antes de subir, encontraram o André na porta do apartamento dele, riram, debocharam e disseram que eu o detestava porque ele cheirava a merda. Eu nunca disse isso, juro por todo o mais sagrado. Agora sinto muito medo da mãe dele aparecer enquanto eu estiver sozinha, deitada, sem poder me mover.

A história não é lá grande coisa, talvez não dê para publicar na Capa Preta essa minha forma de entrar em contato com a senhora. Na verdade, publicada, dona Almerinda me deixará. Não sei se a senhora sabe, dizem sobre a sua coluna: "História contada é história exorcizada".

Abraços e beijos de sua admiradora de Maria da Graça.

ANEXO 2

Barbacena, 13 de setembro de 1983

Prezada senhora Míriam,

Meu nome é Simone Torrezão, tenho 53 anos. Eu morava com uma tia minha, mulher bem idosa, gagá. Sônia era o nome dela. Morávamos em Rio do Ouro, para os lados de Niterói. No terreno dos fundos de nossa casa, plantaram pés de frutas. Chegava a ser um lugar escuro de tanta árvore. Como disse, morávamos sozinhas, mas conseguíamos dar conta de todos os afazeres domésticos.

Numa véspera de Natal, contratamos um rapaz para capinar a parte final do terreno. Uma grande pedra quadrada enfeiava um canto. Bem pesadona. Pois bem, quando o rapaz chegou, o primeiro pedido de minha tia foi a retirada daquela pedra imunda, como ela a chamava. O rapaz então acionou alguns amigos, e na parte da tarde mesmo, eles a colocaram em um carrinho e a levaram embora. A pedra tapava um buraco enorme — o cheiro dele me impregna até hoje. Logo, todo nosso lindo pomar se empesteou com um cheiro de podridão adocicado. Cheguei a desconfiar ser esgoto. A casa pertence a uma época desatenta ao tratamento sanitário. Pensei em pedir ao rapaz para repor a pedra e me ver livre daquele maldito cheiro de fossa misturado com batatas podres. Mas quando avisei à minha tia, ela simplesmente surtou em casa. Os olhos, muito bonitos, de um azul-claro, dispararam para fora do rosto. Ela ria e chorava. Se eu tapasse aquele buraco, ela nunca mais brincaria. Minha tia, muito católica, assim como eu, não teve filhos. Possuía uma grande coleção de bonecas e passava o dia todo alisando cabelos. Todas com olhos de vidro, coisa antiga. Cada qual personalizada com nome e sobrenome. Achei que ela se referia a esse tipo de brincadeira. Me enganei redondamente.

Certa noite, acordei e me arrastei até a geladeira. Sentia muita sede e calor. A porta do quarto de minha tia se encontrava entreaberta, de modo que eu não a vi logo de início, somente ouvi a conversa. Ela tinha a mania de conversar com as bonecas; não estranhei nem um pouco, voltei para a minha cama. Uma perturbação me veio antes de cerrar os olhos. Saltei da cama. Eu conhecia todos os nomes das bonecas de minha tia, e ela mencionara um totalmente diferente. Voltei ao quarto dela e empurrei mais um pouco a porta de dobradiças indiscretas. Minha tia, vestida com seu antigo penhoar de florzinhas, os seus longos cabelos soltos, tinha se sentado de frente para um canto do quarto com a cabeça apoiada nas paredes e falava olhando para baixo. Ela ria, batia os punhos cerrados. Não compreendi quase nada. De fato, só um nome: Suzana. Quando a chamei, minha tia apenas se dignou a virar o rosto e, sorrindo, como se nada tivesse acontecido, soltou entre dentes: *Não vê?* Brinco com a minha amiga, me deixe em paz. Retornei para o meu sono intranquilo.

A lua minguante se foi, e com ela o cheiro horrível do buraco, mas logo algo mais curioso brotou. De dentro dele, de repente, surgiu uma vegetação. Com alguns dias, era possível ver uma muda crescida. Com um ano e meio, ganhamos uma nova árvore. Uma amendoeira. Difícil de acreditar. Eu de fato não sei explicar aquilo. Tia Sônia gastava o tempo todo debaixo da amendoeira. Ela cantava rodando o tronco. Soltava uma música antiga, cuja letra me provoca arrepios.

Uma noite, a peguei com o pequeno canivete, tão útil no pomar. Sentada na poltrona da sala com ele na mão direita. Quando me aproximei para tomá-lo, ela simplesmente abriu a boca e passou a lâmina nas gengivas. Nem preciso dizer o tamanho do meu desespero ao vê-la vertendo sangue grosso e escuro pelo queixo afora. E ela ria muito. Ria e ria e ria e cantava a maldita música: Oh, jardineira por que estás tão triste/Mas o que foi que te aconteceu/Foi a camélia que caiu do galho/Deu dois suspiros e depois morreu./Foi a Camélia que caiu do galho/Deu dois suspiros e depois morreu.

Eu a lavei no box e, com custo, fomos dormir. Na verdade, desmaiei de cansaço.

Na manhã seguinte, não a encontrei em casa. Não tomaríamos o café da manhã juntas, como de costume. Abri a porta que dá para o terreno e, de longe, a vi. Senhora Miriam, cena monstruosa.

Essa segunda-feira de inverno começou com a pequena neblina — ela sempre deixava o pomar meio embaçado. Reparei, lá no fundo, ela, minha tia, em seu penhoar. Parecia de pé em um dos grossos galhos esverdeados de musgos. Só ao me aproximar dei conta do lençol. Titia enforcada nele, com a cabeça dependurada para o lado esquerdo, braços soltos ao longo do corpo e com o canivete ainda seguro em uma das mãos. No tronco, observei um coração gravado como se fosse uma pequena corda. E o mais horrível: titia exibia um grande sorriso no rosto, dando para enxergar as gengivas cortadas.

Lembrei que minha avó sempre contava do seu parto de gêmeas quando da gestação dessa minha tia. Uma criança não viu a luz. O cordão umbilical a enforcara. Apenas uma vingou. Coisa bem comum antigamente, me contou. Hospital não se via.

Outra coisa me ocorreu. Minha mãe confessou que enterravam alminhas no terreno da casa. Ninguém se dava ao trabalho de jogar terra sagrada em cima do caixão de um não batizado. Mesmo crianças maiores, já molhadas na água do batismo, ao se acidentarem fatalmente, encontraram o destino naquela terra escura e úmida. Ninguém da família queria complicações no IML, tampouco com a polícia.

Dona Miriam, me pergunto se debaixo daquela pedra jazia o *tú*mulo da minha quase tia. Existem sete grandes pedras em todo o terreno, são de tamanhos diversos. Família grande, e meu avô fora homem dado a certas violências, entende? O velho fedia a cerveja choca.

Enterrei minha tia no cemitério do Maruí, numa Quarta-Feira de Cinzas. A meia dúzia de consternados notou uma coincidência: o túmulo fica bem debaixo de uma amendoeira frondosa. Não verá sol.

Jamais voltarei àquela casa. *A senhora entende,* penso eu. Passei a viver em Barbacena na companhia de uma antiga amiga. Arranjei emprego. Longe, me liberto de algumas lembranças, achei. Mesmo tão distante, em noites sem estrelas, ainda acordo toda trêmula e, com o corpo muito gelado, posso ouvi-la cantarolar com a sua voz empapada de sangue. Oh, jardineira por que estás tão triste/ Mas o que foi que te aconteceu/

(*a carta termina repentinamente*)

MAU-OLHADO

Por motivos distintos, os bigodes dos meus tios ainda me assombram. Na década de 80, todo machão brasileiro que se prezasse deveria cultivar um bigode à *la* Magnum. Tio Zé exibia indisfarçável orgulho daquela lagarta pretona. Lembro o dia em que nos recebeu no portão da vila, com o bigode aparando as lágrimas pela morte de minha avó. Esfregou aquela esponja molhada em meu rosto e falou para a minha mãe:

— Tão perto do meu aniversário, Teresinha, tão perto...

No corredor largo da vila, comemorávamos todos os primeiros anos na família. Por vezes, também, um baile para debutante, um *réveillon*, uma festa junina. Caminhei por aquelas lembranças ao encontro de minha avó.

Dona Benedita ocupou o mesmo espaço das mesas outrora abarrotadas de salgadinhos, bolos e cajuzinhos. O ataúde parecia um hífen lá no final da vila, ligando as casas mais antigas. Em tranças, a cabeleira branca jazia de frente para a residência mais temida por todas as infâncias do bairro. Quem me viu rezando com lábios lentos não podia imaginar nada além de uma prece para a alma. Em verdade, eu implorava à Nossa Senhora para que tia Cândida, mulher do tio Zé, esquecesse, pelo menos naquela tarde, a maldita tradição, esquecesse de me obrigar a entrar na casinha de telhas cinzas e sem janelas. Mas não deu outra. Ouvi de trás, som de nicotina, tom de inspetora de escola:

— Já foi pedir a bênção aos mais velhos, menina?

Enquanto tia Cândida me direcionava com o seu corpanzil em direção à porta da casa, com os olhos, busquei resgate materno. Dessa vez, não consegui a cumplicidade. Minha mãe, prisioneira dos fofoqueiros enlutados, no meio da vila, enfrentava tapinhas nas costas, pegadas no braço, lábios quase colados nas orelhas, mãos nos ombros, olhares de cima a baixo.

Tia Cândida me encurralou, abriu a porta da casa e deu o empurrão que faltava:

— Vai logo, menina, seu pai tá te esperando faz tempo.

Só encostou a porta às minhas costas.

Pequenas lâmpadas de filamentos de cor amarelada cuidavam de cada moldura dos quadros na parede. Não sei se o que me provocou enjoo foi o defumador barato ou o rádio lá em outro quintal anunciando o início de uma partida de futebol.

Domingo, e todos os olhares me pertenciam.

Tempos antes, na primeira vez que deixei o quartinho, perguntei a minha mãe por que não usavam fotografias. Nesse caso, o retrato soa mais realista. Se espera que assim seja, com tinta nesse tom meio pastel, foi a resposta.

A casa, de três cômodos, parecia construída apenas para abrigar aqueles quadros. Nada de banheiro, nada de cozinha, somente paredes repletas de retratos com homens, mulheres e crianças vestindo roupas de todas as modas, de todas as décadas, desde o começo de algum século. Os olhos pintados um pouco maiores do que o normal quebravam o realismo que minha mãe dizia perceber. A tradição na família (pela via paterna) consistia em entrar pelos cômodos e pedir bênção aos antepassados. Tia Cândida, uma das guardiãs, estabeleceu algumas regras para as crianças da família: nada de entrar e sair correndo, mínimo de cinco minutos ali dentro, silêncio absoluto, precisa olhar direito.

Olhar direito todas as dezenas de retratos postos sem a mínima ordem alfabética ou data de falecimento? Alguns quadros receberam, num garrancho de criança, indicação do nome do falecido. Não convivi com quase ninguém daquelas paredes. Fui entrando para buscar a imagem de meu pai e me perguntando sobre os artistas que pintaram aquilo tudo. Vi uma Luiza, cabelos pretos, vestido florido, brincos, a única que sorria. Eu não deveria ter notado os dentes pequenos dela. Pesadelos. Os olhos azuis de um Romualdo esbarraram com os meus, bigodinho ralo, trajava terno desbotado como a maioria dos homens daquela parede, olhar estreito de quem gostava de aplicar corretivos. Abaixo dele, uma Manoela me gelou a pele até eriçar os pelos da nuca, vestida toda de preto, cabelo partido ao meio. Uma das mais antigas ali, pelo corte da roupa. Quem a pintou? Os olhos, duas amêndoas completamente pretas, pareciam olhar para dentro do próprio retrato. Engoliam tudo ao redor. Fiz sinal da cruz e passei para o quarto ao lado. Não era a minha primeira vez ali, mas me assustei, do mesmo modo como anos antes, quando vi uma fileira de nove quadros de crianças, todas parecidas, com uniforme escolar. Me afastei daqueles olhinhos e corri para a outra parede.

Eu já avermelhava o braço esquerdo com as unhas, quando ouvi a porta rangendo na sala de entrada. *Mais uma criança desafortunada*, pensei. Finalmente vi um rosto conhecido: Osvaldo, tio-avô, bigodão farto, cabelo penteado para o lado, ombreiras. Lembrei a insistência chata de me pôr em seu colo, lembrei o hálito de cerveja choca e, claro, lembrei o bigode abrasivo. O pintor caprichou nesse. Ali, ainda, aquele olhar de quem deseja memorizar cada canto da gente. Nunca gostei dele. Um desespero me chacoalhou ao pensar que um dia poderiam fazer um quadro e obrigar os meus olhos a ficarem abertos. Encararia aquela gente por toda a eternidade?

Pensei em correr dali, mas encontrei meu pai. Estava um pouco abaixo do tio-avô, num canto da parede, na altura de meu peito. Que olhos tristes lhe deram, deixei escapar. Imortalizado com uma camisa branca, simples, gostei. Tirei ele dali e pus na outra parede, mais abaixo ainda, mas num canto vazio com um preguinho enferrujado. Os olhos mudaram. Clarearam e os cantos subiram, olhos que brilhavam quando eu zunia num balanço, quando cantavam parabéns atrás de uma mesa toda cores, olhos que choraram comigo de alegria e de pouca tristeza. Recoloquei, e os olhos se apagaram de novo. Lembrei que a professora disse algo sobre pinturas que mudavam de acordo com a perspectiva; deveria ser isso, claro. Na dúvida, deixei ele onde os olhos me agradavam, dei um beijo no quadro e me virei para ir.

Vi o menino. A outra criança que entrara na casa. Parado na porta do quarto, mais alto do que eu. Deveria ter quantos anos? Sorriso careado. Tínhamos nos esbarrado em alguma festa da família? Sussurrei um oi. Ele, nada. Do bolso do macacão jeans, sacou um canivete. Me vi sangrando, vi minha mãe no desespero de perder a filha. A solidão de nossa casa se conformaria, enfim. Mas não, o canivete não parou em minha barriga. O menino apontou a lâmina para os olhos do tio-avô. Começou a rabiscar o vidro com uma fúria que só vi igual no olhar de um cachorro prestes a ser sacrificado. Os olhos do tio-avô Osvaldo desapareciam debaixo dos xis arranhados. O velho grudento já não podia ver, encarar, perscrutar.

Larguei o delinquente naquele quarto e passei apressada para o cômodo principal.

Ao mirar alguns quadros, desconfiei da minha visão. Repetia o padrão, como se minhas retinas insistissem no momento anterior. Quase todos os bigodudos, cegos.

Ouvi soluços de velório. Segui reparando o vandalismo. **X** num quadro sim, outro não; um quadro sim, e outro também. Esbarrei com o menino. Serenos desta vez, vi os olhos castanhos através do vidro. Olhei para a minha mão direita. Então, o canivete caiu.

A GRANDE FINAL

— Poxa, pai, esqueceu a pipoca de novo?

— Não acredito, meu bem. Da última vez, você perdeu justo a hora que liberaram as caranguejeiras em cima do 43, o safado pulou de 100 para 158. A gente riu bastante, né, Cláudia? — diz a mulher com o olho esquerdo ainda arroxeado.

— Vocês duas podiam me dar um tempo, isso sim. Perdi uma grana nesse babaca do 43, apostei que iria fácil até 180, fui na cozinha e atraí azar. Hoje não me levanto pra nada, ouviram? Nem um pio das duas, vai começar.

Boa noite, cidadãos de bem do meu Brasil! Finalmente chegamos à nossa grande noite. Preparados? Já fizeram as suas apostas? Já dividiram os times aí em casa? Hoje a competição tá quente. Quero ver todo mundo aí no sofá, vamos lá. Qual é o nosso grito de guerra?

— Vigiar e punir, vigiar e punir, vigiar e punir!

Isso aí, vigiar e punir! Vigiar e punir, fizemos muito isso nos últimos meses aqui no nosso *Superação Show — Edição Fobia*. Vamos repassar as regras. Durante um ano, nossa produção buscou participantes em todas as cidades do país. Fizemos testes para medir o grau de fobia...

— Aposto que a 54 vai a 170 hoje, olha a cara de fome dela — diz a filha.

— Ô, Solange, chega esse pé pra lá, essa porra de sofá não dá mais, não, tu engordou muito.

— Deixa de ser grosso e fica quieto, quero ouvir essa merda.

Conhecemos bem os nossos três finalistas dessa edição. A 54 e sua necessidade de uma casa nova, a anterior foi levada pela enxurrada; o 83 e a operação de emergência da filha, pai dedicado esse. Não, sério, dá um foco aqui nesse rosto. Finalmente, o 35 e uma cirurgia também, a própria. Você tá meio esverdeado hoje, hein, 35. O vencedor ou a vencedora ganhará exatamente o sonho que tem; para isso, basta superar os piores medos. Os dois mais acelerados perdem. Controlem os seus batimentos cardíacos, senhoras e senhores, nosso show vai começar! Mas antes, uma palavrinha dos nossos patrocinadores...

— Esse 83 tem mais é que se foder, homem chorando na frente das câmeras, onde vamos parar... — diz o pai.

— Também não dá pra torcer pra essa cara de fome — diz a mãe.

— Dá-lhe 35! — berra a filha.

— Apostei duas caixas nesse cabra. Vai, seu baitola, encara essa porra feito homem! — berra o pai.

Na última semana, nossos participantes foram vigiados. Hoje chegou o dia da punição. Por ter errado o título de nossa novela de maior sucesso, número 35, os telespectadores... deixa eu abrir esse envelope, segura isso aqui, por favor. Eita, nossos amigos e amigas do show votaram na punição... NÍVEL MÉDIO!

— Merda! Não merecia isso. Errar nome de novela, até eu, pô — diz o pai abrindo a lata de cerveja.

— Mas não foi qualquer novela, né? — diz a filha.

— Ai, lá vêm vocês com esses debates intelectuais, merda, caramba, deixa eu assistir em paz a final, pelo menos isso. — A mãe se ajeita com almofada no colo.

Muito bem, o seu medo nível médio é... preparados? O TANQUE DOS VERMES... Produção, tudo ok por aí? Podemos começar então? O que é isso? Já tá tremendo, rapaz? Nem começou.

— Essa vai ser difícil pra ele.

— Não fica agourando, não, porra! Quer que eu te combine a cor dessa olheira?

A nossa caixa transparente já está preparada, e naquela tela ali vemos o 35 na média normal dos batimentos. Tudo bem aí, 35? Michele, eita, hoje tá caprichada, dá uma voltinha pros nossos telespectadores, isso. Vai viajar, minha filha? Michele, leva o nosso 35 para a punição dele.

— Lembra a 59? Agora conseguiu vaga no *A casa* do canal 171 — comenta a mãe.

— A magrela da carrocinha de cachorro-quente? Ela se cagou todinha, a calça ficou marrom quando as baratas começaram a sair, me lembro, claro, melhor noite — responde a filha com uma risada.

— Calem a boca, senão atrai coisa ruim pro 35. Se eu perder hoje... sei não.

Por favor, produção, trilha de suspense. Escolheu bem, DJ Diegão, música do filme *Tubarão*. Pensou que eu não conhecesse? Sou erudito, rapaz. Vamos ao show. Número 35, receba a sua punição! Nunca mais esquecerá a novela. Olhe pra cima, seu sem cultura, aconselho a fechar bem a boca.

— Misericórdia, olha isso!

— O que é aquilo?

75 bpm

82 bpm

100 bpm

— Canalhas, jogando sujo, gente desonesta. Se eu perder...

35, meu filho, dê boas-vindas para as mais diferentes e nojentas verminoses conseguidas pela nossa produção especialmente para esta noite. Capricharam. Aqueles grandões caindo ali são da espécie *Lineus longissimus*, o MAIOR VERME DO MUNDO. Minha gente, nosso show também é cultura. Aqui se aprende.

— Olha, meu bem, tão caindo feito macarrão grudado na graxa.

— Ih, começou a estrebuchar. Já era, pai.

121 bpm

135 bpm

— O puto tá se contorcendo todo. Levanta daí, seu viadinho! Que merda! Vou perder as caixas, caralho.

Nosso relógio marcou dois minutos e, *voilà*, o 35 bateu 174 bpm. Ih, desmaiou de vez. Um homenzão desse... Não aguentou. Vomitou? Ajuda ali, produção. Enquanto preparamos tudo aqui, fiquem com a nossa *advertising*.

— Elegante! Taí, gostei, vou adotar lá na firma — diz a filha.

— Eu perdendo duas caixas de puro malte, e você aí escarafunchando palavreado para trabalho? Só o que faltava!

— A próxima é a morta de fome, meu bem. Vai passar fácil fácil de 174. Ai, olha, anel lindinho, Ronaldo, você bem que podia... meu aniversário tá chegando, mozão.

— E você vai me dar o anelzinho?

— Pai, olha eu aqui!

— Não se pode nem mais falar a verdade nessa casa. Isso é censura. Sabem quem eu gostaria de ver se ferrar nesse programa?

— Alberto Montenegro? Teu chefe? — diz a esposa.

— Não, tá maluca, o cara acabou de me dar essa TV de última geração. Queria ver o Robinho da portaria.

— Taí, essa eu também queria ver — ri a filha.

— O Robinho é gente boa, meu bem...

— Gente boa? Semana passada, o puto não quis me ajudar a fazer o gato no quadro de luz. Gente boa é o cacete. Cagador de regra.

— Lá vem a morta de fome...

Senhoras e senhores, antes de apresentarmos a punição da número 54, vamos conhecer a possível casa nova dela?

— Não acredito. Essa desmilinguida vai morar num lugar desses? Igualzinho aqui no condomínio — diz a filha.

— Pode até vir, quero ver é pagar os boletos em dia — diz o pai.

Número 54, gostou? Casa linda, hein! Com banheiro dentro e tudo. Mas você errou o nome do nosso principal patrocinador, as joias Élégance. Que deselegante, 54. Por conta disso, nossos espectadores pediram para você a punição nível MÁXIMO.

— Isso! Se fodeu, morta de fome!

Seu maior medo é de... não vamos revelar, vamos ver. Por favor, Michele, leve a 54 para a mesa do sacrifício. Isso, amarra ela bem direitinho... barriguinha pra cima, umbigo de fora.

— Vão soltar escorpiões em cima dela? Tomara — diz a filha.

90 bpm

— Que merda é essa? Isso é moleza, pô!

108 bpm

A 54 sofre de onfalofobia, minha gente! Mete o dedo no umbigo dela, Michele! Carlão, vai lá ajudar também.

— Tá de sacanagem? Tem gente com medo disso? — diz a mãe.

140 bpm

173 bpm

— Estranho, olha o rosto dela — diz a filha.

Ajuda ali, produção, tá enrolando a língua. Eita, não acredito! Deu ruim. A 54 foi a 180 bpm.

— Isso, isso, as caixas é tudo nossa! — urra o pai.

— Calma, ainda não terminou, falta um — acautela a mãe.

A 54 se recuperou graças à nossa eficiência nos primeiros-socorros. Agora, inicialmente, vamos rodar um *tape* realizado por nossa produção no hospital registrando o cotidiano da filha do 83. Vamos lá. Aqui é pura emoção, o show não para.

— Lá vem o chorão — diz o pai.

— Você não faria isso por mim, pai?

— O quê? Chorar em rede nacional? Nem morto. Papai tem plano de saúde, garante umas cem operações em você, meu bem, não esqueça.

— Mas a menina é até bonitinha, olha lá — diz a mãe.

Emocionante, ainda mais com essa música ao fundo. Coisa linda. O 83 virou pura lágrima. Mas não estamos aqui para caridade, não é, minha gente? Afinal, nosso lema é...

— Vigiar e punir, vigiar e punir, vigiar e punir.

Muito bem, 83, essa semana você derrapou. Nossos fones registraram o momento. Você trocou a letra de uma música da banda Cowboys Virtuais. Grande sucesso nacional, e você comete essa gafe? Pois bem, nossos amigos do show pagam para ficar 24 horas por dia ouvindo tudo de vocês. Trouxeram a punição MÁXIMA. Nem eu queria isso, mas regra é regra, não podemos fugir das leis e dos protocolos, não é mesmo, meu povo?

— Por você, minha linda, papai subiria aquilo dali rindo.

— E desde quando você tem medo de altura? — pergunta a mãe.

O negócio é o seguinte, meu caro 83: temos aí essa plataforma de quinze metros. Basta você subir por essa escada até o topo. Fácil, né, meu povo? Fácil nada, o maior temor desse homem é a altura. Já viajou de avião, 83? Brincadeira, não esqueci que você é pobre. Mas, veja, como precisamos zelar por sua segurança: você vai amarrado por essa corda aqui, ligada a esse grampo na cintura. Não tem perigo. É só não tocar nesse grampo, claro.

— Molezinha, o cara ainda vai amarrado? Na minha época de paraquedista, eu subia um troço desse de olhos fechados.

— Sei... — murmura receosa a mãe.

Produção, para acrescentar um toque dramático, roda de novo no telão o vídeo da menina Carla no hospital, enquanto o paizão aqui enfrenta o nosso desafio. Só não vale escorregar no choro, hein, 83.

Dois metros

100 bpm

— Já posso ligar e cobrar as minhas caixas? — diz o pai.

Seis metros

102 bpm

Dez metros

102 bpm

— Esse aparelho tá sabotado, só pode — diz o pai.

Doze metros, um escorregão do pé direito.

140 bpm

— Uhu, agora vai — berra o pai.

Quatorze metros

179 bpm

— Vai, cachorro!

Quinze metros

190 bpm

— Isso! Ganhei! Tô engasgando! Bate aqui, Claudia.

Poxa, 83, não foi dessa vez. Mas não tem problema, não. Nossa produção conseguiu uma vaga para você no programa *A casa*. Mais uma chance para salvarmos a pequena Carla. É muita emoção hoje nesse palco, minha gente. Enquanto a produção ajuda o 83 a descer, chegue aqui nosso grande vencedor desta noite. Venha cá, 35. Tudo bem com você? Você não quis que revelássemos qual seria a cirurgia totalmente paga. Agora é a hora da verdade. Com a nossa legenda, fale ali para aquela câmera, meu guerreiro.

Graças à minha garra de superação, irei fazer a tão sonhada HARMONIZAÇÃO FACIAL.

— Meu deus! O que o 83 tá fazendo lá em cima? — grita a mãe.

— Puta que me pariu. — A filha tapa a boca.

Não, 83, não faça isso, calma aí, rapaz, não mexe nesse grampo ainda não, ô, produção, tira esse cara lá de cima, antes...

— Eu não disse? Não passava de um medroso chorão — sentencia Ronaldo, o pai.

— Alberto Montenegro de Almeida e Almeida, você não vai largar essa taça, desligar esse aparelho espião e vir dormir?

— Me deixe em paz. Acabo de perder o jogo com os outros diretores. O Ronaldo do jurídico não encheu novamente a mulher de bordoadas, acredita? Que lástima, que lástima!

DOIS MORTOS NO CHÃO DA LOCADORA

No meu lugar, o que faria o capitão Jean-Luc Picard? De que forma se livraria de um aviãozinho do tráfico metido a Pablo Escobar? Aliás, os tripulantes da NCC-1701-D já sentiram um cheiro tão ruim quanto o do lubrificante ao bater em um tarugo de aço pronto para uma ferramenta de corte em um torno mecânico? Duvido. A fumaça branca causa náuseas. O cheiro impregna a roupa. Prende até na pele. Lembro. Naquele meu segundo ano, o cheiro vinha com um incômodo a mais. Já tinha fabricado diversas peças; nunca para armamento. Até então, não havia cometido nada de ilegal.

Habitei a nave envidraçada quase todos os dias, das sete horas da manhã até o meio-dia. O lugar tinha o maior número de máquinas na vizinhança industrializada. Abrigava tecnologia de ponta, até maquinário comandado por computadores, os chamados CNC. O que me fazia pensar até quando eu seria necessário ali. Aprendia algo considerado fácil para uma máquina sozinha, mais rápida e mais precisa do que qualquer mecânico sênior. Bem, pelo menos, não ouvi falar em nenhuma construindo peças para armas dos camaradas da favela.

Vi um CNC reproduzir a estrela prisioneira, estrela de cinco pontas presa em um globo, símbolo do Senai. Em menos de vinte minutos, vi uma delas brilhando do outro lado do vidro babado por alunos. Malditas máquinas. Algum dia, a Skynet jogará a porra dessas estrelas de aço em nossas cabeças, resmunguei pelos corredores.

Sem mais nem menos, naquela tarefa de produzir a peça da minha desgraça, senti a minha mão diferente com a ferramenta de corte. Avancei com ela no rasgo da peça, em um ponto fundamental, justamente onde se acoplaria a arma. Agi quase de propósito.

Precisei arranjar um cúmplice. Na verdade, um X-9. Busquei no torno da frente, onde trabalhava um vizinho de prédio.

— Fala, Cascatinha! Tudo beleza? Bonita peça essa aí, hein! Só falta polir um pouquinho mais ali. — Apontei.

Desligou o torno e se virou para me cumprimentar.

— E aí, brother, tudo na paz? E aquela peça?

— Vim te falar justamente dela. Deu ruim, brother. — Fiz sinal para me acompanhar até a minha máquina.

— Cara, como você conseguiu ferrar a peça assim? — Ele alisou a parte rasgada do aço.

— Não comenta com ninguém, mas estou tendo umas tremedeiras nas mãos de vez em quando. — Evitei olhá-lo.

— Isso é grave, meu irmão. Tá tomando o quê? Deu teco em farinha errada?

— Sou disso não, cara. Só não tô me sentindo bem. Pode ser os nervos, sabe? — Atuei cabisbaixo.

— Mermão, o pela-saco do Santinho vai ficar muito puto contigo. Ele espalhou pra todo mundo lá na favela que tu tava fazendo um bagulho todo bonito para ele. Pô, todo mundo sabe, você é o melhor torneiro do Senai.

— Pois é... ando pensando em abandonar isso aqui.

— Não manda essa, brother. Vai fazer o quê? Fritar hambúrguer? Isso aqui é profissão boa, cara. Faculdade é só pra filhinho de papai. Tu é filhinho de papai? Então, meu irmão, faz isso não. Meu primo se formou aqui e agora já conseguiu comprar um carango maneiro. Dá altas voltas com a mina dele. Um Monza.

— Sei não, cara. Ando pensando em fazer outra coisa da vida...

— Você pensa muito, brother, bora comer.

Caminhamos para o corredor da oficina.

Ainda ocupei um tempo digerindo a minha fala. Sabia, o moleque daria com a língua nos dentes. Logo, todo mundo saberia da cagada na peça. Isso era bom. O Santinho não poderia me culpar pelo desastre. Ou poderia? Bem, isso eu saberia de qualquer jeito. Incomodava mesmo confessar o meu desejo de sair dali. Até verbalizar, isso só vinha de comichão. De frente para a peça ferrada, eu soube, chegara a hora de abandonar o lugar. O capitão não poderia deixar a nave. Um mero alferes, sim. Alguma vantagem nesta vida.

Na espaçosa cantina do Senai, havia uma espécie de hierarquia entre os mecânicos. Os ajustadores, *grosso modo*, feras com as limas para desbastar peças de aço, deixavam tudo no esquadro. Claro, usavam também serras e outras ferramentas. Do outro lado, sentavam os torneiros mecânicos, que, por operarem aquela máquina brutal de comer aço, se achavam melhores do que os ajustadores. Ao lado deles, comiam os fresadores, que se acham melhores do que os outros dois e acreditavam no moldar, perfurar e rodear como maneiras mais nobres de se lidar com o aço. Por último, a elite. Os ferramenteiros matrizeiros dominavam todas as outras técnicas e construíam ferramentas e matrizes para a injeção de plástico, capazes de fazer as peças mais complexas, como a estrela prisioneira. Trabalhavam com alta precisão, usando micrômetros digitais e relógios comparadores. Não à toa, eles se sentavam ao lado de nossos instrutores, engenheiros e técnicos gabaritados, os capitães da nave.

Eu preferia me sentar fora, no pátio, junto aos sem interesse por peças de aço. Conversávamos sobre outras seriedades enquanto mastigávamos pão com ovo e bebíamos refresco de maracujá. Ali, os grupos dos fanáticos por futebol, ali, os dos marombeiros e lutadores de jiu-jítsu, ali, os dos entendidos em carros, ali a turma barra-pesada, ali, a galera dos bailes, e aqui, a minha turma, os nerds. Sentados no fundo: Rodrigo, o rei do RPG, capaz de dizer de cor todos os feitiços do jogo *A Torre do Poder* — mais de quinhentos. Anderson, o desenhista do grupo, vidrado em HQs, vivia dizendo: filme decente sobre heróis? Impossível de ser feito um dia. Kátia, a única menina estudando mecânica no Senai. Só andava de preto. Viciada em literatura policial. Já leu tudo da Agatha Christie. Nos obrigou a ler *O Nome da Rosa* de um tal Umberto Eco. Por último, Alex, ligado em jogos eletrônicos. Ele se gabava de ter virado um final de semana inteiro jogando *Space Darklands*. Habitávamos a mesma nave, curtíamos heavy metal e servíamos de zoação para todos os outros colegas. Quando cheguei na roda, o assunto era a morte do guitarrista John Leford em um acidente de helicóptero.

— Poderia acontecer com qualquer um — Rodrigo falava.

— Sim, mas não foi com o Eric Clapton, né? O nome disso é destino, cara. Tô te falando — disse Kátia.

— Você acredita nisso, Augusto? — Rodrigo perguntou.

— Nisso o quê?

— Nesse lance de destino e coisa e tal.

— A gente traça o destino. Fazemos escolhas, mesmo que limitadas — falei sem convicção.

— Limitadas? — Alex perguntou.

— Sim. Na minha posição, posso escolher ir amanhã para a Espanha? Posso. Conseguirei ir? Não. — Sentei perto deles.

— Gente, pelo amor das deusas. Nesse caso, ele não conhecia as reais chances daquela merda cair. Que porra de escolha é essa? Não se conhecem os mínimos fatores envolvidos. — Kátia piscou para mim.

— O que ela tá querendo dizer é que, sem saber os riscos, é preciso ter fé no destino — Alex interrompeu. Kátia fez cara de decepção, eu não entendi o porquê, ele parecia concordar com ela.

— E você, Anderson, acredita em destino? — perguntei. Como sempre, ele desenhava uma parte do pátio.

— Se eu aprender o caminho de manhã, não me importarei de morrer à noite — respondeu sério. Sempre com tiradas *à la* Paulo Coelho.

— Augusto, resolveu aquela parada? — Rodrigo me perguntou.

— Sim, resolvi, sim. Só não sei se vai dar tudo certo.

— Não sabe? — Alex perguntou.

— Vou dar uma de Anderson: a incerteza é a única certeza. — Imitei a voz do meu amigo, e todos riram, inclusive ele.

— Heisenberg — Kátia falou.

— O quê? — Alex perguntou.

— É o princípio da incerteza de Heisenberg. Quanto maior a precisão da posição determinada, menos preciso é o momento linear naquele instante. O contrário também é verdadeiro. Quer que eu te explique melhor, Alex? — Kátia riu.

— Então, quem tá a fim de uma partidinha de RPG mais tarde? — Rodrigo cortou.

— Me perdoe, *Dungeon Master,* mas desta vez não posso ir. Preciso ajudar a minha avó na locadora hoje à tarde — respondi, e todos os outros foram no rastro dando desculpas para não comparecerem em Maria da Graça. Nos despedimos e prometemos aparecer no domingo à tarde na casa dele.

Quando voltei para o meu torno, um enjoo me fez duvidar das pernas. Não pelo resquício de fumaça de aço. A peça não estava mais presa na placa de metal. Olhei em volta para perceber algum olhar suspeito, mas já todos estavam debruçados sobre a própria peça, compenetrados nas tarefas. Eu precisava ficar de bico calado, roendo cotocos de unhas. Não poderia acusar nenhum colega.

Além do mais, eu falaria o que para os instrutores? Peça para uma arma. Caralho! Só me faltava essa! Alguém tinha raptado o objeto da minha desgraça. Mas quem? Eu consegui danificar bem a peça? Ainda daria para usá-la? A gente sofre de ansiedade por passar por coisas assim, ou passamos muito nervoso com coisas assim só porque temos ansiedade?

Não importa. Me vi redondamente fodido.

***

Minha avó considerava a locadora seu maior bem. Um plano de aposentadoria. Batizou o lugar com o nome de Scarlett, homenagem ao filme favorito dela. Do lado de fora, mandou pintarem desenhos coloridos, com flores, arco-íris e tudo o mais. Do lado de dentro, via-se uma locadora como qualquer outra de esquina: cartazes dos filmes nas paredes, bancas de madeira com as capas das fitas VHS plastificadas com os códigos delas. E, claro, tinha o balcão de madeira, onde de um lado empilhávamos os exemplares da *Revista das Locadoras*, com distribuição gratuita para os usuários. Por meio dela, ansiava-se pelos principais lançamentos do mês. Do outro lado da pilha, repousava o caderno preto. Ali, minha avó anotava quem alugara o que e a data de retorno com as respectivas multas por atraso de devolução, ou por falta de rebobinamento das VHS. A única videolocadora da cidade montada numa garagem, achava. A única sem pornô, isso sim. Os pôsteres das paredes descoloriam. *O Predador, Robocop, Os Garotos Perdidos, Império do Sol, Hellraiser, Desejo de Matar 4, Dirty Dancing*... Só abríamos depois do almoço, após vovó terminar os afazeres da casa.

— Boa tarde, dona Alzira — cumprimentei quem me criara.

— Boa tarde, meu filho. Teu almoço tá ali na mesa. — Vi o prato tapado por outro, embalados num pano branco com um nó em cima.

— Ando meio sem fome, vó — falei na esperança de guardar o almoço na geladeira. Não podia me denunciar.

— Nada disso! Onde já se viu, ficar fora de casa e chegar sem fome? Vai comer, sim, senhor. Até porque o senhor não sabe...

— Dobradinha?

— Exatamente. Com tudo o que se tem direito. Feijão-branco e calabresa. — O apetite me veio como soco.

— Dona Alzira, a senhora é um anjo. — Estalei os lábios na testa dela.

— Ah, a fome apareceu foi? — Riu-se orgulhosa.

Bati o pratão como se não houvesse comido naquele mês. Dona Alzira, especialista no que o povo chama de comida pesada, sempre requisitada como quituteira pela vizinhança. Suas mãos traziam alegria a pratos de dobradinha, angu à baiana, canjiquinha com costela de porco, mocotó, sarapatel e uma inenarrável rabada com agrião e batatas. Durante anos, ralou como cozinheira em um bar no centro da cidade, de um tal senhor Onça.

— Meu filho, venha cá dar uma opinião.

— Estou ao seu dispor, dona Alzirinha do meu coração. — Lasquei um beijo na bochecha dela.

— Chegaram estes pôsteres aqui. Quais a gente vai pendurar?

— Eita, vó, aqui só tem filmão! Esse do *Cemitério Maldito* pode ficar no lugar daquele ali, e esse aqui do *Batman* pode ficar ali logo de frente, porque vai alugar muito. *Tempo de Glória* pode ficar perto da porta, e esse do *Máquina Mortífera 2* vai lá pra fora, no portão. O senhor Heitor já veio duas vezes atrás dele.

— Esse pôster aí com o rosto de caveira não podemos jogar fora. Eu prometi dar para aquele seu amigo esquisito. — Apontou para o pôster de *Uma Noite Alucinante*.

— Qual amigo esquisito? Guilherme? Vitor? Alexandre? Jorjão?

— Aquele cabeludo de roupa preta. Minha Nossa Senhora, onde já se viu botar pôster desses bichos feios na parede do quarto?

— Ele é metaleiro, vó.

— Trabalha no Senai também, é?

— Não, vó. Metaleiro é um estilo, saca?

— Saco não, meu filho. Saco nada. Enfim, guarda isso aí pro rapaz porque ele é esquisitão, mas muito educadinho. Por falar nisso, teu amigo, o da moto vermelha, apareceu por aqui te procurando. Já te falei que não quero você andando com aquele rapaz. Não me importa se você é metaleiro, funqui, punque, não te quero mexendo com tóxico, ouviu?

— Pode deixar, vó. Ele não é meu amigo, não. Só um conhecido.

— Toma conta da locadora, volto já. Na volta, a gente pendura os pôsteres. Vou dar um pulinho ali na dona Maria Augusta, a filha me pediu uma reza. Problema de quebranto.

— Beleza. Mas vê se a senhora não demora muito, tenho aula do supletivo.

— Rapaz estudioso assim ainda tá pra nascer. — Passou por mim exalando o perfume de ervas.

Foi só a minha avó virar a esquina que entraram pelos fundos da locadora o senhor Heitor e o senhor Gervásio. Um tinha sido sargento da Aeronáutica. Mentiroso compulsivo, sempre com alguma peça camuflada. Ele se descrevia como um híbrido de Charles Bronson com o Chuck Norris. O outro, também militar da reserva, usava uma calça larga de tergal sem tentar disfarçar a prótese peniana. O velho vivia com a piroca fazendo volume. Pouco disfarçava o orgulho por andar sempre de barraca armada. Apenas dois velhos malas sem alça pra caralho, eu preso com eles, respirando fundo e tentando me lembrar dos conselhos da minha avó.

— Rapaz, já chegou o filme da Máquina Mortífera? — Chuck Norris perguntou sem ao menos me jogar um boa-tarde.

— Chegou ainda não. Só enviaram os cartazes até agora.

— Então me indica outra fita aí. Só não vai me fazer como a sua avó e me dar um filme de boiola — disse ele rindo e catucando o outro velho.

— Filme de boiola? — perguntei.

— Esse filme aí, o do rapaz dançarino (o dedo parou no pôster do *Dirty Dancing*). Gervásio, não fazem mais filme como antigamente, né? Lembra as matinês? Aquilo era filme de macho. O cinema de Olaria assim de lotado. Os cowboys de revólver e espingarda caçando índios. Não tinha esse negócio de dancinha, não, senhor. Não era filme de bicha, não. Era chumbo grosso, porra.

Senhor Gervásio, como de costume, apenas concordava rindo e balançando a cabeça em afirmativa, como se fosse uma lagartixa prestes a abocanhar uma mosca. Nunca falava nada.

Deu vontade de dizer para o Chuck Norris: sua saudade dos filmes de bangue-bangue taí. Esse sujeito armado. E apontar para o cacete do senhor Gervásio.

Lembrei da minha avó. Ofereci outro título.

— *Duro de Matar.*

— Vi duas vezes.

— *Rambo III.*

— Já vi, muito bom. Ele mata muito.

— *O Grande Dragão Branco.*

— Já vi. Bate muito o malandro.

— Olha, chegaram estes aqui.

Guerra, é? Opa, filme de guerra é um colírio para os meus olhos. Já te falei do meu tempo lá no Campo dos Afonsos e do dia de neblina? Dei um tiro certeiro a mais de três quilômetros de distância. Até o comandante do Para-Sar veio me cumprimentar.

Com a língua para fora num canto da boca, o senhor Gervásio apenas fazia o seu cover de lagartixa.

Consegui convencê-los a levar *Pecados de Guerra*, fita do Brian de Palma, com o Sean Penn e o Michael J. Fox. Jogara pérolas aos porcos, mas quem sabe não aprendiam alguma coisa assistindo às atrocidades cometidas em combate. Eu ainda acreditava no poder didático dos filmes.

Pelo menos, saíram satisfeitos.

Pensava em quantos rolos de filme seriam necessários para o senhor Heitor ficar um pouco menos babaca, quando avistei a CB 400 vermelha parando do outro lado do campinho, exatamente de frente para o portão da locadora. O Sol esmerilhava a pele. Ninguém nos arredores. O piloto não tirou o capacete e, ainda sentado na moto, apenas fez um sinal juntando as mãos como uma arma. Apontou para mim. Efetuou o disparo e ficou de braços cruzados por alguns segundos. Michael Douglas em *Chuva Negra*. Saiu pela beirada do campinho espalhando poeira. Santinho tinha dado o recado. Ai de mim se não lhe entregasse o prometido. Mordi com força o nó do dedo do punho direito. Cadê a maldita peça?

***

Ir à casa do Rodrigo, alegria clonada. Primeiro, é claro, eu me reuniria com a turma fora do ambiente das máquinas. Segundo, veria Tereza, irmã dele. Descalça, o microvestido amarelo, quase transparente, realçava sua pele morena e a marca do biquíni nos ombros. Ela abriu o portão para mim naquele domingo. Um pouco mais velha, mais baixa. Andando à minha frente, enquanto atravessávamos o quintal, pude reparar na calcinha marcando. A silhueta, destacada pelos pelinhos dourados nos braços e nas pernas, parecia dançar entre os raios de luz não atrapalhados pelos galhos do quintal. Qual o nome do perfume? Senti o meu pau forçando a braguilha da calça, como se fosse o Bruce Banner entrando no estado do Incrível Hulk. Desviei a atenção para as árvores e respirei fundo. Não adiantou, o Hulk continuava ali. Passei rapidamente a mochila jeans para a frente, na tentativa malograda de disfarçar aquela ofensa à família do meu amigo. Ela virou a cabeça para trás, deu um sorriso e jogou o cabelo para o outro ombro. Mais tarde, minha avó reclamaria mais uma vez do meu banho demorado.

Não se constroem mais casas como a do Rodrigo. Do lado de fora, debaixo de um alpendre, montaram a mesa onde espantaríamos o tédio domingueiro. Uma música do The Cult vibrava a poeira do rádio toca-fitas cheio de adesivos e sintonizado na Maldita FM. Todos ali. Ninguém notou o Hulk. Achei.

— Pensei que tinha se perdido — Rodrigo se adiantou.

— Me perder em Maria da Graça? Tá de sacanagem? — Ri.

— Tá te sacaneando só porque você mora num apê. Tá te achando com cara de criado no carpete — Kátia riu.

— Moleque criado soltando pipa descalço na rua, vai dar mole? Que nada.

— Você? Malandrão? Quem te vê assim até acha. — Alex disse.

— Pô, pior que a galera lá acha que quem mora nos apês são playboys, com fama de soltar pipa no ventilador. É mole? Até os moradores dos apartamentos se acham os melhores. Hilário, porque é tudo favela. Os apês formam uma favela vertical, saca? O mesmo perrengue. Falta água do mesmo jeito. Falta luz. E vou te dizer: tem gente com mais grana nos barracos do que nos apês. Mas enfim... é uma maneira de ser diferentão, sei lá. — Me ajeitei na cadeira ao lado deles.

— Carango maneiro. — Joguei o queixo para uma kombi vermelha e branca do outro lado do quintal.

— A lata velha? É presente do meu avô. Assim que soube que eu tava tirando a carteira, ele disse que me daria um carro. Pensei no Maverick dele. Preto. Coisa linda. Me deu o carro que meus tios usavam na feira. Só dou voltas aqui pelo bairro mesmo. Semana passada é que fui mais longe. Dirigi até Acari — Rodrigo falou.

— Não me diga que você foi comprar alguma coisa lá — Kátia disse.

— Rádio pra Kombi.

— Na Robauto? Fala sério!

— Qual o problema, Kátia? — Rodrigo não a encarou.

— O problema? Você sabe muito bem qual é. Não se faça de bobo. Comprar coisa com mancha de sangue? Acha legal isso? — Kátia respondeu.

— Você tá exagerando, Kátia. "Ele disse que na feira/ Pelo preço de um bujão/Eu comprava a geladeira/As panelas e o fogão" — Alex sampleou.

— É verdade. Nem tudo ali é roubado. — Rodrigo levantou os olhos.

Fiquei quieto, meu walkman e minha mochila vieram de lá.

— E, por acaso, você trouxe uma coisa chamada nota fiscal? Trouxe? — Kátia falou já entrando na casa.

— O que deu nela? — perguntei.

— Sei lá. Deve estar naqueles dias — Alex falou.

Esqueceram? Esqueceram o pai dela? — Anderson nos calou por um tempo.

A mãe do Rodrigo saiu da casa com uma bandeja abarrotada de sanduíches de patê de presunto e uma jarra de limonada com muito gelo. Kátia voltou minutos depois.

Enquanto montávamos, ainda calados, o tabuleiro, Monica Venerable anunciava as atrações musicais da hora seguinte. Nem mais um pio sobre a feira de Acari.

***

Em véspera de feriado prolongado, o Senai mudava para um clima de semana natalina ou de Carnaval. Tudo sorrisos. Até o senhor Ferreira, dos instrutores mais carrancudos, passava a manhã assobiando canções do Bob Dylan para todos os lados, como serpentinas entre as máquinas de jogar cavaco de aço.

Não descansei. Minha atenção estava toda voltada para a maldita peça desaparecida.

Li em algum lugar que a tensão pela expectativa em ser punido é muito pior se comparada com a punição em si. Verdade. Já visualizava as manchetes: Preso o grande traficante de armas do Rio de Janeiro; Rei do fuzil era nerd; Bandido usava Senai como fachada; Parceiro de Santinho é preso; Neto de dona Alzira é criminoso. Algemado em frente ao torno mecânico, uma foto e tanto. Vovó definharia em desgosto. Eu seria fichado. Moraria em Bangu 1. Dormiria amontoado num calor infernal. Estuprado, espancado, morreria degolado em um motim qualquer. Outra cena me passava pela cabeça. Eu e meus amigos e a polícia largando o aço pra cima da gente. Daí colocariam armas em nossas mãos. Curiosos se acotovelariam nas bancas de jornais. Gangue perigosa morreu trocando tiros com a polícia.

Tudo por uma aposta idiota.

Se o meu CEP fosse outro — Lagoa ou Leblon — ou a minha cor, claro, a notícia seria bem diferente: Jovem estudante de engenharia parece ter sido flagrado com peça que aparenta ser de arma de fogo dentro de seu veículo. O juiz, amigo de meu pai dos tempos do São Bento, seria bastante clemente, mas manteria as aparências. Medida socioeducativa. Depois, viagem para a Europa para me recuperar do trauma causado por essa cidade violenta. "Meu Deus, Montenegro! Vamos morar em Miami quando esse pesadelo acabar!", diria minha mãe. A culpa, claro, seria das más companhias. Retornaria meses depois. No Jockey Club, Luís Montenegro recepciona hoje filho. O jovem retorna de sua estada europeia. Ninguém se lembraria do "incidente". Isso, é claro, se chegasse a ser fichado. Uma ligação do poderoso Montenegro e o caso seria arquivado rapidamente. Aliás, não haveria caso algum. Não se preocupe, meu filho. Papai tem uma delegacia. Um combo. Vem com advogado, juiz e tudo o mais. Julinho, teu primo, lembra? Lembra, não? Aquela vez do atropelamento de um pedreiro.

Meu sobrenome é Silva Pé no Chão e Olho Vivo.

Um terceiro caminho abria-se na bifurcação. Sempre havia espaço para as minhas viagens. Estratégia traçada para relaxar? Começava com a voz informando a data estelar atual. *Space: The Final Frontier.*

Enterprise pairando sobre o Senai. Obviamente, o capitão da nave se teletransportaria para o meio do pátio, junto com a equipe. Um vulcano perguntaria onde está o Augusto Silva. Precisamos dele para salvar o universo. Corta. Passa para o refeitório, onde, ao som de "Back in Black", do AC/DC, eu espancava um bando de babacas. Depois de me livrar dos valentões usando golpes de *aikido*, eu correria para o meu torno mecânico. Presa nos dentes da máquina, reluzindo, descansava a peça salvadora do dia. Antes dos créditos finais, o capitão me convidaria para fazer parte da Frota Estelar. Vida garantida de viagens intergalácticas para o rapaz que até então só conhecera Iguabinha.

Em meio a esse transe antiansiedade, avistei o senhor Ferreira entrando na oficina junto de outros dois instrutores e o diretor-geral do Senai. Senhor Ferreira, graças ao número de suspensões e expulsões que carregava nas costas, ao longo dos semestres se tornou o Exterminador de Futuros. Minhas pernas não me obedeceram.

Eles pararam no início do corredor. Confabularam. Para piorar, sirenes zuniam lá fora. Olhares em minha direção. Vieram bem devagar, parando para observar uma peça e outra. Caçavam? Olharam novamente em minha direção. Sussurraram. Alguns passos a mais e... Eu precisava pensar rápido, mas a única coisa... Cadê a porra do teletransporte? Pararam em frente ao meu torno. Dariam ordem de prisão. Eles podiam fazer isso? O senhor Ferreira se aproximou mais.

— Que merda você fez, Augusto?!

— Eu, eu, eu...

— Quem te ensinou isso?

— Eu, eu não...

— Você parece meio lesado hoje. Não tomou café da manhã? Aperte direito essa peça no torno senão ela vai acabar te machucando — disse, saindo de perto do meu torno e se dirigindo ao do lado, o do Zé Conversinha. Então, eles se viraram para o começo do corredor. O diretor pediu para todos desligarem as máquinas.

— Senhores, com muito prazer anuncio o vencedor da categoria tornearia deste ano. O senhor José Andrade. Meus parabéns, José. — Subiu uma salva de palmas. Aplaudi até as mãos avermelharem.

***

Quando a vó decidiu montar o negócio, soquei o ar. Frequentava cinema; fitas à disposição seria privilégio. Ajudar a pedir os filmes aos distribuidores, tomar conta do lugar quando ela saía, pendurar os cartazes, ligar cobrando as fitas atrasadas, isso me aborrecia nada. Agora, aturar o Chuck Norris... virava missão quase impossível. Atuou em patente diferente naquela tarde. Se fez cabo. Cabo eleitoral.

— A senhora precisa entender, esse homem aqui vai mudar o Brasil. Nem entrou e já tá caçando os marajás todos. Vai dar moleza, não. Com ele não vai ter corrupto no poder. O sujeito é atlético. Luta caratê. Corre. É jovem. É cidadão de bem. Não é da mesma laia desse grevista vagabundo parecido com mendigo. Esse barbudo tá envolvido até em sequestro de empresário, a senhora sabia? Aqui as duas fotos. Veja a diferença. O cidadão é boa-pinta, né? Já o outro... Me diga. Seja sincera. De qual dos dois a senhora compraria um Fiat?

— Eu não entendo nada de política, e nem de carro, seu Heitor. Nadinha. Não me meto nessas coisas. Deixa um panfleto. Prometo pensar. Agora o senhor me dê licença, preciso falar com o meu neto. — O rosto dela caído.

— Rapaz, foi bom te ver. Não gostei muito desse filme, não. — Chuck Norris me entregou a fita.

— Por quê? — perguntei só para agradar a minha avó.

— Tem até muito tiro. Muita morte. Coisa boa. Mas o rapaz do filme entregou os companheiros. Na campanha não se faz isso, não. Na guerra vale tudo, até estupro. Na minha época...

— O senhor me dê licença, tô morrendo de fome. — Menti e fui me dirigindo para a porta da pequena copa, atrás do balcão.

— O senhor vai levar algum filme? — a vó perguntou.

— Hoje não. Hoje é dia de ir à missa na parte da tarde. O grupo de Homens pela Imaculada está rezando um terço, sabe?

— Entendi. Volte outra hora, então. Vou encostar a porta da locadora. Só um minutinho, por gentileza. — A vó, que nunca fechava a locadora no meio do expediente, o despachou.

— Augusto, tive mais um daqueles sonhos da seiva do cipó.

Dona Alzira desaguou a sua angústia. Me disse sobre dois caminhos; num deles, ela morreria. Esses dois eram os melhores entre centenas e centenas. Odiava os sonhos da minha avó. Vinham de raízes fortes e traziam rotas quase incontornáveis.

* * *

Quando ouvi falar pela primeira vez sobre a turma da linha, imaginei algo a ver com soltar pipas. Se criaram turmas de baloeiros, de carrinhos de rolimã, de bate-bolas, de jogo de botão, de bocha, de carteado, de dominó e até de troca de figurinhas, por que não de pipeiros? Depois, soube da ideia genial. Quem imaginaria um dia poder falar com desconhecidos de todos os cantos da cidade ao discar um número, formar um grupo e, ainda por cima, usar apelidos como os agentes secretos dos filmes? Tecnologia pura, pensava. Eu esperava minha avó dormir e discava para o prefixo defeituoso da Telerj. Do outro da linha, passavam o código para outro telefone. Os números eram substituídos por nome de frutas ou nome de cidades. A linha cruzava. Aí, aleatoriamente, eu entrava em contato com Chacal, Águia de Aço, Barão Vermelho, Janis Joplin. Ah, Janis Joplin... Na linha cruzada, eu me chamava, claro, Spock. Naquela quinta-feira, feriado, tinha encontro da turma no estacionamento do Norte Shopping. A história do sonho me embaraçava a cabeça. Eu me arrumei e saí.

De um lado, pulavam os skatistas; do outro, uma turma deslizava de patins. O pessoal da linha cruzada se amontoava perto da entrada do shopping, ao lado do Bob's. Pessoal com plaquinhas na mão. Coyote, Cabeleira, 22, Dark, Yaba, Trevoso, Gatinha Manhosa, Miami Vice, Brizolinha, Zumby, Conan, Bob Cuspe. Camisas, mochilas, bolsas, tênis, bonés e pochetes, Company, Redley, K&K, Cristal Grafitti, Rato de Praia, Waterproof, Pier, Hang Loose, Zoomp, OP, Pakalolo, Alternativa, Fico, Sundek, Rico, Cyclone. Os adesivados com letras de cores fluorescente gritavam sem parar. Minha turma, dentro da turma, vestia-se de preto, jeans rasgado e calçava All Star. Uniforme. Achei fácil o Mad Max. Meu amigo, Rodrigo.

— E aí, Spock?

— Fala, Mad Max.

— Tá meio desanimado, cara. Qual foi?

— É. Semana pesada pra caramba.

— Pô, nem me fala. O bicho tá pegando lá em casa. Briga feia de família.

— Separação?

— Já tava para rolar, mas dessa vez me colocaram no meio. Me usam como cabo de guerra.

Kátia se aproximou, precisava falar uma coisa e, me pedindo desculpas, o puxou para um canto. Deu para reparar o semblante de felicidade. Rodrigo caía de amores pela Kátia. Salto de um precipício. Pelo gestual dos dois, parecia coisa séria. Resolvi não segurar vela. Fui mastigar um cheeseburger, mesmo sem fome.

Dia nublado, mas sem escolha. Eu precisava caminhar para casa. Poderia pensar melhor no acontecido durante a semana e no horror futuro. Seria boa caminhada. Uma reta só. Em feriados, a avenida Suburbana virava cenário de filme de zumbi. Vez ou outra, passava um ônibus semivazio. De cada esquina, soprava o cheiro de fumaça vindo de fogueiras de folhas secas pacientemente varridas das calçadas na parte da manhã. Ao longe, os rádios sintonizavam partidas de futebol. Tupi ou Globo? Uma birosca com meia dúzia de distraídos. Em frente ao bar, como estrelas num céu de cimento, centenas de chapinhas de cerveja disputavam o meu olhar. No outro, uma igreja evangélica a meia porta se preparava para abocanhar o dízimo. A via principal quase deserta, mas no céu pontilhava uma multidão de pipas e de pequenos balões. De uma rua transversal, passou uma Kombi anunciando a troca de garrafas de vidro por pintos. Nunca entendi tal negócio.

Eu subia o viaduto, quando o sino da igreja começou a badalar, assustando cachorros curiosos pelo interior de um latão derrubado. Só me faltava ser mordido. Dei sorte, bichos medrosos. De cima do viaduto, admirei a fábrica onde meus tios aprenderam os ofícios deles. A enorme fábrica de tijolos vermelhos, a chaminé, a fumaça para escurecer as nuvens no céu. A construção engolia todo o quarteirão. Parecia até coisa de desenho. Odiaria ficar preso nos feriados. Nada animador o rosto de alguns sujeitos largando o plantão.

Acabei de descer o viaduto e avistei a moto vermelha vindo em minha direção. Passou bem devagar. O piloto, de capacete, girou a cabeça acompanhando minha passada. Eu sabia não ser o Santinho querendo me intimidar ou matar. Saber disso me entristecia em parte. O motociclista seguiu a reta. Olhei o meu relógio. Apertei o passo. Quase corri.

* * *

Resfoleguei na entrada da favela. Para além da precisão cronológica, entendi melhor a obrigação de andar a pé. Relaxei para a sentença de minha avó na beira do campinho.

— Ele está lá. Já sabe o que falar, meu neto.

A vó me acompanha. Santinho cruza pernas na única cadeira da locadora. De moletom preto, calças largas e tênis, já segura a arma. Vejo o mecanismo. Lembro o Cascatinha, aquele filho da puta. Santinho doido de pó. Um instante de mudez me separa do destino. Logo vem o disparo sem som. Dona Alzira nem grita. O senhor Heitor chega a tempo de ver Santinho catar cavaco com a moto. Me sujo com o sangue de minha avó. Grito.

Lembro essa primeira predição enquanto caminho para dentro da locadora. Rebobino a fita. Vou pelo outro caminho.

A vó me acompanha. Santinho cruza pernas na única cadeira da locadora. De moletom preto, calças largas e tênis, já segura a arma. Vejo o mecanismo. Cascatinha, filho da puta. Santinho cheiradão. Chamo a atenção dele para o pôster do *Cemitério Maldito*, pergunto se ele já viu o filme. Ele morde os lábios. "Vou é te me mandar para o cemitério de Inhaúma", diz. Repito uma frase do filme. Às vezes, estar morto é melhor. Ele vira o rosto de lado. Quem é enterrado nesse cemitério acaba voltando. Retorna todo torto. Mas volta, explico. Falo do gato. Falo do menino.

— Esse filme é uma grande de uma bosta, seu filho de uma puta. — Santinho cheiradaço.

Minha resenha é o tempo de o senhor Heitor entrar pela porta de trás e o segurar. Velho forte. Falastrão, mas forte. Toma a arma do Santinho. Atira nele uma vez. Minha avó grita. Vejo todos os dentes de ouro do senhor Heitor. Não tento evitar o que se segue. Chuck Norris pressiona o gatilho mais uma vez. A bala sai de ré. Agora, um grito meu.

* * *

Muitos lançamentos de filmes vieram, centenas de pôsteres se rasgaram, namorei Tereza, me formei em jornalismo, magoei muita gente, me magoaram, e, em seu quarto de CTI, para meu desconcerto, havia um terceiro caminho. Meu neto é uma das últimas palavras que ouço dela. Vovó sempre soubera a função medonha do senhor Heitor na Aeronáutica. "Homem de coração de chumbo", diz. Não a aborreço com possibilidades diferentes lá na locadora. A duras penas, aprendi a não olhar em certos retrovisores. E se, e se, e se, e se, e se vira bilhete só de ida para o hospício. Melhor deixar quieto.

A NATUREZA DAS COISAS

Acabou. Considerar-me eterno, quanta ingenuidade a nossa. Setenta e dois anos, quatro faixas sempre repintadas, recapeamento constante e inúmeras batidas deveriam ter me ensinado que nada, absolutamente nada, é imortal no mundo dos humanos. Quanto mais concreto, mais perecível. É lei. Mas me diga, você acredita que contando histórias consigo frear aquelas máquinas lá embaixo quando as ligarem? Não, eu ainda não enlouqueci sob esse sol carioquíssimo. Li a respeito do poder que o narrar tem sobre a ação do tempo, só isso. Em verdade, ouvi a história de quem se agarrava a um livro carcomido. Daqui de cima, vi e ouvi de um tudo, minha pequena lâmpada. Desde o dia em que aquele Buick Super de cor branca passou pelas minhas costas até a última feira de antiguidades que abriguei aqui debaixo, quanta coisa minha pequena e calada amiga. Isso me faz lembrar, já te contei sobre a exposição de arte que aconteceu logo ali no Paço Imperial dois anos atrás? Richard Serra, ouvi. O nome tem graça, confesso. Observei o desembalar das peças. Se eu tivesse queixo, ele cairia. Esculturas com o mesmo tipo de aço que o meu! Curvas elegantes. Colossais. Precisaram de guindaste, acredita?

Mas escuta essa. Escolhi especialmente para o dia de hoje.

Inconformados com a perda da matéria, sobretudo a de carne, os humanos criaram uns óculos para enxergar o que já se foi. Também era necessário tocar objetos. Fechar o circuito de sentidos, ouvi.

Manhã chuvosa de junho, e um tal doutor Memo conduziu a excursão aqui para baixo. Vestido impecavelmente de terno e gravata-borboleta quadriculada, o doutor guiou uma dúzia de gente bem-vestida e com os ouvidos abertos para palavras como quântico, transmutação, partículas, traços de carbono. Pelo que pude compreender, minha querida luz, com a parafernália nos olhos, os sujeitos conseguiam enxergar pessoas que tiveram contato com algum objeto, incluindo gente que já é pó em algum carneiro de concreto. Silhuetas de gente morta. Agora imagine, minha amiga de filamento novo, imagine quantos espectros essa gente viu no meio de tanta bugiganga. No entanto, a visão desejada, percebi, não vinha de qualquer coisa. O doutor falou da importância dos afetos dos humanos com as tranqueiras e palestrou também que se houvessem, mesmo que microscópicos, vestígios de fluidos corporais, cabelos, unhas, dentes, sangue, maior nitidez ganhariam as silhuetas impressas nas lentes pretas. Daí concordei com o nobre cientista. Sabe, ainda sinto tanta gente aqui grudada em mim. Pedaços de caixas cranianas com cabelos, massa encefálica, ossos, unhas, cartilagens nas muretas, no asfalto. Restos de vidas em minhas entranhas me deram vida. Entenda, litros de sangue me banhavam pelo menos uma vez por mês. Sangue jovem em sua maioria. Quase sempre fedia a álcool. E os gritos? Suportei barulhos de pneus e buzinas e britadeiras e berros de ofensa e bandas em botecos de esquina. Mas aqueles gritos...

Não falemos dessas minhas experiências pessoais. Narremos outras.

A turma do doutor Memo começou o tour pela barraca de máquinas fotográficas. Uma senhorita loura, ostentando um autêntico casaco de couro, ergueu diante das suas lentes uma polaroide amarela e poeirenta. Nem chegou a sujar as digitais. Como se a máquina tivesse fios energizados desencapados, largou-a no chão. "Vi crianças, cruzes", gemeu. Embora sem prejuízos aparentes, uma nota de cinquenta entrededos calou o vendedor. Doutor Memo sorriu: "Minha cara, deu sorte de ver logo de primeira, meus parabéns, é possível enxergá-las apenas uma vez em cada objeto, as partículas subatômicas..." O grupo, nem aí, seguiu com dedos nos vasos, nas bonecas sem olhos, nas máquinas de escrever empoeiradas, nas lâmpadas quase iguais a você, nos cinzeiros de vidro, nos livros de capas de couro, nos telefones coloridos, nos insetos de aço, nas bolas de sinuca, nas mochilas emborrachadas, nos animais de pelúcia remendados, nos quadros mal pintados, nos quadros com olhos riscados, nas máscaras de bate-bolas, nas fotografias sem cor, nos bonecos de heróis, nas bicicletas. Vez ou outra, um obje to ao chão, um riso nervoso, um grito, um espasmo, uma oração, um choro convulsivo, uma palavra. O que viam?

O ápice foi a cama. Cabeceira de ferro bronzeado e um colchão manchado das mais diversas tonalidades chamaram a atenção, claro. O doutor se apressou e, agitando as mãozorras, os impediu de tocá-la. "Calma, prezados, não há nada mais cruel do que isto aqui, garanto. Já testei meu invento em outros leitos; vi coisas que tenho vergonha e receio de narrar." Percebi, naquele forro, minha cara ouvinte, a coexistência de fluidos de todos os cantos: pus, porra, mijo, merda, saliva, sangue. Até marcas de queimadura de cigarro o decoravam. Me peguei imaginando os tipos de insetos que habitariam as entranhas de espuma daquela peça. Bichos gordos de tanto sugar sonhadores e sonhos? Entre a fantasia de um bicho arrebentando em sangue e de outro fumando, notei o sujeito. Bigodudo, pança redonda, camisa polo e o sorriso insistente. Dias depois, num feriado, o sorriso ainda estamparia o sujeito, mesmo com a corda no pescoço, com os pés pendentes, a cara inchada e roxa, sangue pingando do nariz. Acredita, minha lâmpada, ele usou essa mureta aqui? Pois saímos até nas capas dos jornais — de segunda categoria, mas manchete é manchete. "Suicida fecha Perimetral", ouvi o vendedor gritar na banca ali. Suponho que o sujeito do riso não superou aquela tarde de experiência macabra.

O doutor combinou uma ação conjunta. Todos colocariam as mãos no mesmo instante. Os feirantes riam da ciranda mediúnica formada ao redor da cama. Ao aceno do doutor, mãos afundaram no colchão, e por alguns segundos, nada ocorreu. Após um grito, um senhor próximo dos 60 anos, homem parrudo, chapéu de feltro, desmaiou. Uma mulher baixinha jorrou pela boca todo o seu café da manhã. Alguns simplesmente largaram a experiência e, apoiados nos ombros uns dos outros, soluçaram as suas lágrimas entre as barracas. Porém, o sujeito do riso insistente apenas deu de ombros. Toda trêmula, a mulher dele insistiu "não viu nada?" "Só vi o que vejo todos os dias nos jornais", respondeu ainda com o riso. "Mas aquelas crianças, aquela mulher... rasgaram elas, arregaçaram com elas todas, toda aquela mancha ali...". "Não me enche, para mim, tudo truque barato desse doutor de meia tigela". "Não fala assim, o homem pode ouvir."

Os dois se afastaram após devolverem os óculos ao doutor. Caminharam para as barracas de utilidades para o lar. A mulher buscava um jarro de cerâmica de Monte Sião.

Voltei de novo a minha atenção para a cama. Já sem os óculos, os semblantes dos demais participantes pareciam os que se notam, lá da minha outra ponta, no bairro do Caju, em dia de funeral de crianças mortas em capotamento de carro. O doutor explicou para aquela gente de olhar vazio e boca reta o avanço tecnológico e as possibilidades nas investigações de crimes e, "por que não, como entretenimento no estilo filmes de horror *found footage*?", riu. Nunca assisti filme assim aqui na praça. Humanos, pura criatividade. Me peguei imaginando o que seria tal arte quando notei o choramingar entre as barracas de brinquedos antigos. Apostei numa criança mimada. Errei dessa vez, minha lâmpada. Sem sinal do riso, o sujeito de camisa polo se agarrava a um semidepenado caminhão de lata. Mostrou à mulher o nome gravado na parte traseira, caligrafia tremida, G I L, tinta vermelha. Seu dedo ia e vinha do caminhão para o próprio peito. Então, com o brinquedo colado ao coração soluçante, ele se deitou no chão...

Espere, ouça. Escavadeiras. Começou.

Este livro foi impresso nas oficinas gráficas da Editora Vozes Ltda.,
Rua Frei Luís, 100 – Petrópolis, RJ.